ダイヤモンドと紙飛行機

倉島知恵理
Chieri Kurashima

文芸社

目次

ダイヤモンドと紙飛行機

消えたペンダント

「いってきまーす」

朝、理央奈《りおな》が玄関ドアを開けて外に出ようとすると、母がキッチンから濡れた手を拭きながら小走りに出てきた。振り返った理央奈に向かって、母は気が急いている様子で早口に言った。

「今日は実習の予定なのよ。最後の学生が終わるまで付き合ってると、遅くなるかもしれないの。うんと遅くなっちゃったら、夕食はコンビニ弁当で我慢してくれる？　リオのために特別サービス、鶏のから揚げ付きでということで、どうかしら」

理央奈は不服そうに口を尖らせて言った。

「えー、いいけど……なるべく早く帰ってきてよ」

「終わったら直ぐ帰るからね。玄関の鍵はちゃんと持ってる？　ランドセルに入ってるの？　確かめたの？」

「うん、大丈夫だってば……」

理央奈はそう答えて学校に向かった。帰ってきたときには家に誰もいないのだと思っただけで、彼女の足取りはいつの間にか遅く、そして重くなっていた。

その日の放課後、理央奈は仲良しの女の子二人と連れ立って校門を出た。一台の乗用車が彼女たちの数メートル先に停車した。すると友だちの一人が、「じゃあね」と手を振って、その車に飛び乗った。走り去る車を見送りながら、もう一人の友だちが言った。

「愛子、きょうは塾のテストがあるから急ぐんだってさ。テストの結果によってクラスのランクが上がったり下がったりするから大変なんだって」

理央奈は頷いて言った。

「だから、愛子のママも一生懸命に運転手役してるんだね。絵里佳は塾に行かないの？」

絵里佳は笑いながら答えた。

「行かないよ、行きたいって言えば行くことになるんだろうけど……いまさら行きたくないもん。もう六年生でしょ、手遅れだよ。それに、みんなが行くから自分も行くっていうの嫌いなんだよね。愛子は塾に行ってないと心配になるから行くんだって……きっと中学受験するんだと思うよ。リオはどうなの？　自分が行きたいと思って塾に行ってるの？」

「そんなふうに考えたことないよ。私の場合は塾っていっても、大手の進学塾じゃなくて、土曜日の午後に学校の勉強を見てもらうのと、週一で英語やってるだけだから……ママは塾に行く代わりに一冊でも多く本を読みなさいって言ってる」

「それで効果あった？」

「速読は得意になったよ。でもね……」

そう言うと理央奈はクスッと笑った。

「でも、何？」

絵里佳の問いに、彼女は目玉をぐるりと半周回して、おどけた顔をつくって答えた。

「本はいっぱい読んだけど、算数は全然できるようにはならなかった！」

「だろうね」

二人はお互いの家に向かう別れ道まで来ていた。理央奈は母が出かけていることを思い出し、慌てて言った。

「ねぇ、今から遊びに行ってもいい？」

「今日はこれから、おばあちゃんちに行く約束なの……またね」

「うん、じゃあね」

絵里佳に嫌われたわけではないとわかってはいても、彼女に断られたことが理央奈の心を一段と寂しくさせた。

絵里佳と別れた理央奈は、できるだけゆっくり歩いて自宅の前まで帰ってきた。遠くで四時を知らせるチャイムが鳴っている。あと何時間か経たないと、母は帰ってこない。理央奈は大きな溜め息をついた。彼女はランドセルから自分の鍵を取り出し、玄関ドアの鍵穴に差し込んだ。

鍵は掛かっていなかった！

何か変更があって、母は出かけなかったらしい。理央奈は嬉しさを抑えきれず、小躍りして勢いよくドアを開けた。

「ただいまーっ、ママいたんだね！　良かったよ！　あれっ……」

そこには見知らぬ男が二人立っていた。奥のダイニングキッチンから母の声が返ってきた。

「お帰り。ねぇ、リオ、刑事さんたちにちゃんとご挨拶してね……」

「えーっ、けっ、刑事？　うちのママ、逮捕されちゃうんですか？」

理央奈はいきなり素っ頓狂な質問を口走ってから、恥ずかしさに顔が熱くなるのを感じた。若いほうの刑事が微笑を返しながら言った。

「大丈夫だよ。お宅に泥棒が入ったらしいというお母さんからの通報を受けて、伺っているだけですからね。私は渋谷と言います。こちらは斉藤です。何年生？」

「はい、六年生。あっ、そうか……名前は星川理央奈……です」

そこに母が出てきて、刑事たちに向かって言った。

「部屋の中の物は全然触られてないみたいですね。やっぱりダイニングテーブルに出しておいた五千円札一枚だけがなくなっています。普段はそんなことはしないのですけど、今日は今月の新聞代を直接お店に寄って現金で払ってしまいたいと思って取り分けておいたんです。でも、忘れて出かけてしまいました。泥棒は、その五千円だけ持って逃げたのかしら……」

斉藤と紹介された、小柄でずんぐりした感じの中年刑事が答えた。

「いやぁ、多少の現金を見えるところに出しておくほうが荒らされずに済むっていう考えもあるくらいですから、五千円のおかげで助かったのかもしれませんね。とにかく、奥さんが泥棒と鉢合わせにならなくて幸いでしたよ。今どきの空巣は見咎められたら強盗に変身しますからね。奥さんに怪我がなくて何よりでした」

斉藤は一度言葉を切り、二階へ上がる階段に視線を走らせてから続けた。

「おそらく賊は、鍵の掛かっていなかった二階子供部屋のベランダから侵入してダイニングキッチンに下りてきた。テーブルの上の現金をポケットに収めて、いよいよ物色を始めようとしたときに、玄関ではなく直ぐ目の前の勝手口の鍵を開ける物音がしたので慌てて二階にあがり、退散した。まあ、そんなところでしょう」

母は神妙な顔つきになって言った。

「玄関と勝手口にはいつも二重に鍵をかけるのに、二階のベランダは大丈夫という油断がありました。まさか、塀を登って壁伝いにあそこから入るなんて、考えてもみませんでした、それも昼間に……」

彼女は通報したときの緊張を思い出して小さく身震いした。そして、強張った表情で話を続けた。

「一旦家を出てから、駅に向かって十分近く歩いたところで、五千円を忘れたことに気づいて引き返しました。ですから、家を空けていたのは長くても二十分ぐらいだったと思います。戻ってきて勝手口から入りました。そしたら、テーブルの上のお札はなくなっているし、誰もいないはずの二階からバサッと物音がして、もう怖くてドキドキでした。すっかり動転しちゃって１１０番しましたけど……あのぅ、普通この程度のことでも、先ほどいらしたお巡りさんのほかに、こうして刑事さんまでいらっしゃるものなのですか？　なんだか大げさに騒いだみたいでお恥ずかしいです。すみませんでした」

　渋谷がそれに答えるように言った。

「星川さんは適切な行動をされました。どうか気にならないでください。地域の皆さんの安全を守るのは警察の仕事ですから。通常のパトロールを強化するように申し伝えておきます。実は、最近、さいたま市内のこの地域で未遂も含めると連続して四件の強盗事件が起きておりまして、我々はそちらを担当している関係で伺いました。お嬢ちゃんを驚かせてしまったみたいだね」

「凄い！　本物の刑事なんて……、ドラマみたい！　覆面パトカーに乗ってきたんですか？　うちの前には止まってなかったよ？」

　理央奈は改めて二人の刑事に好奇の目を向け、声を弾ませてそう訊いた。しかし、渋谷は腕時計を見て、斉藤に確認するような視線を向けた。先輩刑事が頷くと、彼は母と理央奈に向かって言った。

「この辺は道幅が狭いので、車は競馬場前の広場に置いてきたんですよ。もう行かなくてはなりません……これで失礼します。えーと、リオちゃんだっけ？　いつかチャンスがあったら、また話そうね。じゃあね」

刑事たちは家の外に出た。道を歩き出してから渋谷が言った。

「同じ犯人ではなさそうですね。あのぅ、自分は思ったのですが……痕跡らしきものはベランダ手摺りの滑ったみたいな跡だけだし、もしかすると、もともと侵入者はいなくて、星川さんの思い違いってこともありませんかね……」

「塀と壁面のこすったような靴跡は新しいものだ。誰かが侵入したのは事実だろう。だが、我々が追っている奴とは別人だ。階段や廊下には靴跡がなかっただろ、つまり空き巣のくせに靴を脱いでいる。物取りが目的だとしても、こいつはトウシロウの仕業だ。今のところは我々の出る幕ではなさそうだな……それにしても、早いとこカズを捕まえたいよなぁ。先月、我々がダチを押さえたおかげでグループは散った……あのときに奴を取り逃がしたのは痛かったよ」

斉藤は溜め息交じりにそう答えた。すると、渋谷が頷いて言った。

「そうですね。でも、グループなら目立つけど、一人で潜伏されたら見つけるのが難しくなりませんかね……」

「おやおや？　それが我々の仕事じゃなかったかね」

「はぁ……」

皮肉を込めた先輩の一言に、渋谷は素直に相槌を打った。斉藤は後輩の反応に物足りなさを感じながら、静かな住宅地の風景を眺めた。

狭い路地に射し込む六月の夕陽が、光と影の鮮やかなコントラストを作り出している。そこには、誰でも一度は見たことのあるような日常が連なり、家族団欒が恋しくなるような空気が漂っていた。

「今夜はカレー……」

渋谷が呟いた。確かに美味そうな香りが何処かの家から流れてくる。二人の刑事はその中を縫うように歩き去った。

刑事たちが立ち去ると、いつもの空気が家の中に戻ってきた。夕飯の準備にかかりながら母が言った。

「さっき九州のパパに電話したら、私の勘違いだろうなんて言うのよ、酷いと思わない？　まったく、今日は大変な一日だったなぁ。カエルの解剖実習の監督をサボることになっちゃったから、来週は研究室の大学院生たちにお菓子の差し入れをしなくちゃならないわよ……まいったなぁ。リオも戸締まりには気をつけてね。開けっ放しで『ドロボーさん、いらっしゃい』はやめてちょうだい。自分の部屋の窓ぐらいは自分でロックしてくれないと困るよ。それからついでに部屋の片づけも！　さっきはぐちゃぐちゃのベッドとごちゃごちゃに床に散らかった小物を、お巡りさんや刑事さんに見られて、ママは恥ずかしかったわよ。いいわね」

「うん、わかった」

そう返事をしながら、理央奈はどうも何か腑に落ちない気分だった。確かにベッドは起きたときのままで布団を直さなかった。しかし、床に小物を散らかした覚えはない。母は何故そんなことを言うのだろう。二階に上がって自分の部屋のドアを開けたとき、その不安は現実になった。

ベッドの足元の床にまとめて置いたはずのぬいぐるみたちが、鬼ごっこでもしたあとのように散らばっているではないか！

「うっそーっ」

思わずそう呟いた彼女はランドセルを下ろし、ぬいぐるみを元の場所に集め始めた。先ずプーさん、ティガー、ピグレットを戻した。次にリラックマを拾おうとしたとき、彼女の手が止まった。飾りかごに入れていたお気に入りのリボンやキーホルダーも転がっているのが目に入ったからだった。その先のベランダに近い床の上に、空になった飾りかごがあった。

理央奈は凍りついた。

『大変だ！　内緒で持ち出したママのペンダントを入れておいたかごが……空っぽだ

……どうしよう……ペンダントが見つからない！』

理央奈の母、葉子は生物学の非常勤講師として週に一日か二日のペースで大学に出かける。母の仕事がある日は、理央奈が先に帰宅することが多かった。一人っ子の理央奈は、退屈と寂しさには慣れていた。しかし、誰も待っていてくれないとわかっている家に帰るのは大嫌いだった。

『今すぐママに聞いてほしいことが胸いっぱいあるのに……、どうして家にいてくれないの？　クラスで女子と男子の意見が対立して険悪ムードになったのを仲裁して先生に褒められたこと、貸した本の表紙がヨレヨレになって返ってきたこと、帰りの会に遅れないように友だちが掃除を手伝ってくれたこと、漢字テストが90点だったこと……、今でなくちゃダメなのに……』

がらんとして人の気配のしない我が家に独りポツンと居ると、母に話したかったことすべてが急に色褪せて、なんだかつまらないことに変わってしまうのだった。午後七時近くになって母が帰宅する頃には、理央奈はゲームに没頭しているかテレビを見ていた。学校から帰ったときには、あれほど母に話したいと思ったことも、既に理央奈の頭から消えているのだった。

仲良しの絵里佳の母親はフルタイムで働いているので、帰宅したときに誰もいないのは普通のことだと彼女は言っていた。もう一人の親友、愛子の母は専業主婦だが、放課後は学習塾とピアノ、習字、英語のレッスンなど愛子と妹のスケジュールが詰まっていて、殆ど話はしないそうである。

友だちの話を聞くと、子どもが母とゆっくり話すことはめったにないのが普通らしい。母の不在がたとえ時々でも我慢できない自分は贅沢なのだろうかと理央奈は思った。しかし、彼女が「我が家」と考えている場所には母の存在が不可欠だった。母親が子どもの帰りを待っている場所こそが「我が家」なのだ。

理央奈が赤ん坊の頃は福岡で暫く両親との三人暮らしだったらしい。三歳くらいのときに、彼女の母、葉子と二人でさいたま市にやってきた。この家は母の実家である。認知症の症状が見られ始めた祖母の世話をしていた祖父が脳梗塞に倒れてしまったため、この家の長女である葉子が、娘の理央奈を連れて戻ってきたのだと聞いている。理央奈の父は福岡にとどまり、化学薬品などを扱う会社の研究職に就いている。

祖母と一緒に暮らすようになって間もなく、理央奈は祖母が認知症であることを葉子から告げられたが、幼い彼女は事の重大さを全く理解できなかった。彼女が祖母の異変に気づいたのは幼稚園の年長組になってからだった。ある日、家に遊びにきた友だちが帰ったあと、祖母は自分の洋服や口紅を幼児たちに盗まれたと言って、何時間も烈火のごとく怒り続けていた。その日以来、理央奈は幼稚園の友だちを家に誘うことができなくなり、独りぼっちで過ごすことが多くなった。彼女自身も身に覚えのないことで祖母から酷く叩かれたり罵られたりすることが頻繁に起こり、理央奈は祖母を嫌って避けるようになった。

やがて症状が進行すると、祖母は昼夜の別なく「家に帰る」と言っては、荷造りの真似事や徘徊を繰り返し、皿に盛りつけられた夕食のおかずをテーブルクロスでじかに包み、新聞紙を破いて口に入れ……信じられないことが次々に起こった。理央奈はかかわりたくない一心で逃げ回っているうちに、祖母を無視することが通常の行為になってしまった。

理央奈の母、葉子は正常だった頃の祖母を取り戻そうとして、必死になって何かと闘っていた、昼も夜も、そして真夜中も……。しかし、祖母の人格は両手の中の砂のように指の間を止め処なくこぼれ落ちていった。ありえない場所にできた糞尿だまりを泣きながら始末している母の姿を見て、理央奈は祖母の存在自体が憎らしいと思った。祖母がいるために何処へも連れていってもらえない自分が哀れだった。彼女は友だちに自慢できるような家族旅行の思い出が一つもないことが恥ずかしく悔しかった。そんな生活が五年程続いた。

理央奈が小学三年生の春、葉子が目を離した隙に祖母は転倒し、大腿骨頚部骨折のために寝たきりになった。そして、同じ年の夏、誤嚥性肺炎のため祖母は亡くなった。

祖母がいなくなってからも、葉子は福岡に戻ろうとはしなかった。理央奈がその理由を尋ねると、葉子は「理央奈の進学のためには東京に近いここに住んでいるほうが有利だから」と答えた。ほかにも何かありそうに思えたが、理央奈は母を独り占めできるようになったことで、とりあえず満足だった。父はお土産の明太子を持って、時々やってきた。しかし、その間隔は次第に長くなっていった。

理央奈が五年生になると、葉子は非常勤で大学の職場に復帰した。母はいつでも家にいてくれるのが当たり前だと思っていた理央奈は、『ママは私のことを本当にいちばん大切だと思っているのだろうか？　どうしても仕事をしなくちゃならないのだろうか？』と漠然とした疑問を抱くと同時に、それを不快に感じていた。

そのようなわけで、理央奈は母のいない家に帰るのが嫌だった……あるとき、暇つぶしに母のチェストのいちばん上の引き出しをそっと開けてみるまでは……。

引き出しの中にはブローチやペンダントなどのアクセサリー類、特別の時に使うようなレースのハンカチ、手触りの良いスカーフなどが入っていた。その引き出しを初めて開けたとき、理央奈は意外な宝物を発掘した気分になった。なぜなら、それらの装飾品を母が身に着けている姿の記憶がなかったので、母の持ち物としてイメージすることさえできなかったのだ。

アクセサリーの幾つかは古ぼけた小さな紙箱に入っていたが、多くはハンカチの上に無造作に置かれ、ペンダントやネックレスの鎖が何本も絡み合っていた。理央奈は一つ一つ手にとってワクワクしながら眺めた。小学生の目で見ても、安価な品物であることは明らかだった。しかし、その輝きは彼女の心を魅了して止まず、夕暮れ時の人恋しさから救い出してくれるのだった。こうして、引き出しの中の宝物は、独りぼっちが我慢できないほど悲しいときの処方箋となった。

理央奈が六年生になった四月のことだった。春休みはずっと家にいてくれた母が久しぶりに仕事に出かけた。無人の家に帰宅した彼女は、暫くの間忘れていた引き出しの探検を始めた。そして、スカーフの奥に何かの箱を見つけたのだった。今まではそれが引き出しの底板だと思っていたので、長方形の薄箱があることに気づかなかったのだ。

その箱の表面は濃紺色のビロード地でできていた。理央奈はドキドキしながら、そっと箱を開けた。すると、バラの蕾を模った黄金色のペンダントヘッドが現れた。蕾の大きさは小指の頭ほどで、花びらの先端から一滴の露が落ちそうになっている。なかなか洒落たデザインだ。雫の部分には直径五ミリほどの透明の石がはめ込まれていた。理央奈は、その石が放つ淡い青色を帯びた上品な煌きに、思わず息を呑んだ。

彼女は誰かに内緒話をするようなかすれ声になって呟いた。

「わーっ、きれい！　まるでダイヤモンドみたい！」

本物のダイヤモンドを見たことはないし、葉子がそんな高価な宝石を持っているはずはないけれど、この石は自分にとって十分にダイヤモンドだと彼女は感じた。糸のように繊細な黄金のチェーンを持ち上げて、バラの蕾を手に取ってみたところ、予想よりも重く感じられた。

『素敵だなぁ。花びらから落ちる露……ダイヤモンドの涙みたいだ』

理央奈はうっとりと溜め息をついた。そうだ！　引き出しの奥に埋もれていたのだから、葉子はこのペンダントのことを忘れているに違いない。しばらく借りても、きっと気づかれないだろう。理央奈は空の箱を元の場所に戻した。そして、ペンダントを握ると小走りに階段を上がり自分の部屋に行った。

既に薄暗くなっている部屋の中央に立ち、手のひらをゆっくり開くと、「ダイヤモンドの涙」は僅かな光を捉えて妖しいほどに美しく輝いていた。彼女は母のペンダントを自分の飾りかごに入れた。レース細工のかごの中にはリボンやビーズのキーホルダーなど、彼女の宝物が入れてあった。


自室の床に座り込んでペンダントの思い出に浸っている理央奈を現実世界に呼び戻すような葉子の声が、次第にはっきりと聞こえてきた。

「……ねぇ、聞いてるの？　晩御飯できたわよーってば！　早くおいで」

階下からの声にハッとして、理央奈は我に返った。

引き出しの奥の箱からペンダントが消えていることは、まだ気づかれていないらしい。もしバレていたら、とっくに怒りの爆弾が炸裂しているはずだ。

「はーい、今行くーっ」

飾りかごを床から拾って、中身を戻しながら理央奈はそう答えた。念のため今一度、目を凝らしてカーペットの上を探したが、ペンダントは見つからなかった。諦めて立ち上がろうとしたとき、カーテンの下に転がっている消しゴムのかけらのようなものが目に入った。手に取ってみると、それは直径八ミリほどのボタンだった。シンプルなデザインの白っぽい四つ穴ボタンで、カジュアルなシャツの袖などに使われるようなものだった。

『ちっちゃい頃はこんなものも宝物だったのかなぁ……、何のボタンだっけ？』

そう思いながら、理央奈は拾ったボタンを飾りかごに放り込んだ。

共犯者

健太郎が袖口のボタンのないことに気づいたのは、夕方の買い物客で賑わう浦和駅前の雑居ビルの中でのことだった。

『あっ、ボタン、なくなってる！』

その瞬間、彼は血の気が引いて歩を緩めた。頭の芯がジーンと痺れて、こめかみから頭頂部にかけて髪の毛が逆立つのを感じた。あのボタンは最初からぶらんとして取れそうになっていた。それを知っていながら放っておいたのだから、文句の持っていきどころがなかった。彼は腹の中で呟いた。

『何処かそのへんに落としたんだ。慌てるな、きっと大丈夫だ。あの家に落としてきたと決まったわけではないさ。もしマズイ場所で見つかったとしても、何処にでもありそうな袖ボタンなんか、どうってことないさ。それにしても、忍び込む前に残りの糸を切ってボタンを取ってしまえばよかったのに……何をやってもドジだよな……メチャクチャついてないよ、最悪だ』

健太郎は十六歳。父の出身校でもある県内有数の男子高校を志望していたが不合格だった。第二志望の都内有名校も不合格だったため、滑り止め程度と思っていた私立高校に入学した。同じ時期に中学入試に挑んでいた妹が、彼よりも先に、見事に第一志望の有名女子中に合格を果たしていたことが、彼の敗北感をさらに決定的なものにした。

受験に失敗して、今まで自分が見下していた高校に通うことになるまでは、健太郎はごく普通の少年だった。中学校時代の彼は特には目立たなかったが、常に成績は上位だったし、テニス部に所属し、人付き合いもそれほど悪いほうではなかった。そして、医師である父親と同じ道を進むことが当然だと、周囲も彼自身も考えていた。ところが、早くも高校受験で躓いてしまった。それは彼にとって屈辱以外の何ものでもなかった。

高校に進学した健太郎には親友と呼べる友だちができなかった。彼が自分から壁を築き、クラスメートとの交流を拒絶したためだった。彼はクラブ活動にも参加しようとしなかった。中学の友だちとも次第に疎遠になり、殆ど外出することがなくなった。家族は傷心を気遣って、彼に何も言わなかった。その優しさが空々しく、逆撫でされているように感じられて、彼はたまらなく腹が立った。その苛々をドアや机などの物にぶつけてみても気分が晴れることはなく、彼は心の闇を抱え込んだまま部屋に閉じこもることが日常になっていた。

高校入学当初は成績優秀だったが、期末テストの順位が貼り出されると、彼は自分が平均点付近の最も大きい集団の中に位置していることに酷くショックを受けた。

『なんだ、ちゃんと勉強したのに、偏差値50スレスレじゃん。二流だと思ってた高校の真ん中かよ……ムカつく！　どうせ頑張ってもダメなんだ』

健太郎は次第に勉強をサボるようになり、それに伴って成績も急降下した。一度、何かの境界線を越えてしまうと、病気でもないのに授業を欠席することの罪悪感はいつの間にか心の片隅に追いやられ、一学年が終わらないうちに彼は学校に行かなくなってしまった。母は心配して、彼に学校へ行くようにと何度か言ったが、そう言われるほど意地になって、彼は自室にこもった。次第に、彼は家の中でも家族と顔を合わせないように行動するようになった。特に、父のことを極端に避けて生活するのが普通になっていた。そんな彼に父は何も言わなかった。

『僕なんかどうだっていい、いないほうがいいと思っているから、お父さんは何も言わないんだ。そうに違いない……素直で優秀な妹がいることだし、どっちか片方が医者になれば、それでいいんだよね、親としては十分幸せかもね？　だったら、僕なんかいらないって、そう言えばいいのに、親はずるいよ！　親が悪いんだ』
　自分のすねた態度や嫌味な行動の正当性を主張するために、健太郎の頭の中はいつもそのことでいっぱいになっていた。しかし、誰の脅威から何を守るための理論武装をしようとしているのか、本当は自分でもわからなくなっていた。ただ、わけもなく心がささくれ立って、腹が立って仕方がなかった。
　そして四月のある日、彼はぶらりと家を出て、そのまま一週間が過ぎた。

　健太郎がその爺さんに出会ったのは神社裏の公園だった。陽だまりのベンチに腰掛けて、爺さんは広告のチラシを使って紙飛行機を折っていた。どう見ても身ぎれいとは言い難い出で立ちではあったが、何処となく路上生活者とは違う雰囲気を持った爺さんだ。ややだぶつき気味のポロシャツとタック入りのズボンのために、実際よりもずんぐりとした体格に見えた。その体には不釣合いなほど大きくてがっちりした手が器用に動いて、美しく先鋭な機体が折り上げられていく様子に、健太郎は思わず見とれた。

健太郎は少し離れた石垣に座り、常連の幼児たちが出来上がった紙飛行機を嬉しそうにもらっていくのを眺めていた。子どもたちの歓声は、たくさんの鈴を一度に鳴らしたように軽やかで騒々しく響き渡っていた。健太郎には、遥か遠い自分の幼年時代から聞こえてくる笑い声のように思えた。彼は自身がまだ十代なのに自らの境遇を哀れんでいたのである。

子どもたちが立ち去ると、爺さんは健太郎に向かって言った。

「おーぃ、ちょっと手を貸してくれんかね」

健太郎は周りを見回したが誰もいなかった。自分が話しかけられているらしいと気づくと、彼は思わず自分の胸を指差すしぐさで返事をした。

「えっ、僕のこと？」

「そうだよ。アンタしかおらんだろう……。すまんがそのへんに墜落してる飛行機をこの袋に集めてくれんかね」

健太郎は使い古されたコンビニのレジ袋を受け取り、子どもたちが遊んだあとの紙飛行機の残骸を拾い集めた。

「ありがとう。助かったよ」

「あのガキどもに自分で片づけさせればいいのに」

袋を返しながら健太郎がそう言うと、爺さんは楽しそうに笑った。

「はっ、はっはっ……、まったくそのとおりだなぁ」

健太郎は無表情のままその場を離れようと向きを変えた。爺さんは構わず彼の背中に向かって話し続けた。

「アンタ、この数日間よく見かけるが、学校はどうした？　それとも働いているのか？　どっちにしても、若い奴が平日の昼間にぶらぶらしておるのは体に良くないぞ。特に、ここに……」

爺さんは自分の頭を指差して、したり顔で頷いた。健太郎は数歩戻って爺さんが座っているベンチの前に立ち止まると、相手を見下すように大きな溜め息をついてから凄みをつけて言った。

「『ぶらぶらするな』だって？　ふん……、そっちこそ毎日ぶらぶらしてるくせに、ガキどもと遊んで暮らしてる爺さんから言われたくないね！　お説教は間に合ってるんだよ」

爺さんは大げさに驚いた顔を見せて答えた。

「おぉ、怖い、怖い……、まぁ、そう尖がらないでさ、ここに座りなさい。お互い、時間はたっぷりありそうだ」

「やだね」

健太郎はそう捨て台詞を言うと、再び向きを変えて行こうとした。

その時だった。

爺さんの漏らした一言が健太郎を立ち止まらせたのだ。それは、彼がずっと待っていたのに両親からはついに聞くことのなかった言葉だったから……。

「お願い、そばにいておくれ……」


プチ家出少年と寂しい紙飛行機老人の共同生活はこうして始まった。爺さんは岡田と名乗り、公園近くの古ぼけたというよりボロボロと形容すべき小さな二階建てアパートの二階の一室に、一人で暮らしていた。二階にはほかに二部屋あったが空室のようだった。部屋は四畳半ほどの広さで、ベニヤの化粧合板で出来た入口ドアの直ぐ隣に流し台があり、何年間も使われた形跡のない古ぼけたガスコンロのようなものが載っていた。後から無理に付け足したような風呂場と洋式トイレが部屋の狭小をさらに強調していた。ほぼ真四角の浴槽は膝を曲げても肩まで浸かるのは難しい大きさだった。健太郎はそれほど小さな風呂を今までに見たことがなかった。トイレも驚くべき狭さだった。便座に腰掛けると膝がドアにぶつかって脚がつりそうになった。

部屋の中央には四月も末だというのにこたつがあった。こたつはお膳だけでなく、寝床にもなる。爺さんの話では一年中そのままだというが、さすがに暑い季節にはこたつ布団をやぐらの中に押し込んでおくそうである。どうりで布団は少しべたついて手触りが悪かった。

冷蔵庫や電子レンジは見あたらず、隣の住人が置いていったという古いテレビが唯一の家電製品だった。

「このテレビ、もうすぐ地デジ放送になると見れなくなっちゃうって知らないの？　隣の人はわざと置いていったんだと思うよ。テレビは捨てるのもお金が掛かるって、うちの親が言ってた。自分のお金を使いたくないから置いていっちゃったに決まってるよ。ずるい奴……そんな人間はクズだ」

健太郎が苛立ちぎみにそう言うと、爺さんは関心なさそうに答えた。

「ふぅん、そうか、ずるくて得する奴がそんなに憎らしいか……。まあ、どうせテレビはめったに見ないし、使えなくなったら、また隣の部屋に返しておくさ……」

それを聞いた健太郎は、急に怒りが静まるのを感じた。むしゃくしゃした気持ちも、こんなふうにスッと消えることがあるらしい。健太郎が黙っていると、爺さんは念仏を唱えるようにブツブツと文句を並べだした。

「大家は、このアパートを壊して、新しいのを建てたいんだと。だから、早いとこ出ていってほしいらしい。だけど、俺はもう疲れた。この辺で終わりにしたいよ……何をするのも面倒になっちゃったんだ。俺が死のうと生きようと、誰にも関係ないだろう。みんな自分のことで精一杯なんだから。あぁ、こんなに老いぼれて、何のために生きているんだろうなぁ……。飯食って、寝て、クソして、また飯食って……毎日その繰り返し、それが俺の仕事だ。若い頃は、こんなときが来るなんて考えたこともなかった。今は、この先どれくらい生きるんだろう、いや、生きなきゃならないんだろうって思うよ。俺はいつ終わってもいいのに、なかなかお迎えが来てくれない。来てほしいときには来ないものらしい……」

「家族とかいないの？」

「いないね」

爺さんの答えは、まるで他人のことを語るようにぶっきらぼうだった。しかし、愚痴をこぼしている彼はなんとなく楽しそうに見えた。彼の本心が何処にあるのか、独り老いることの寂しさがどれほどのものか、健太郎には想像できなかった。ただ、目指すものをなくして生きることの味気なさは理解できるような気がした。

朝は十時頃に起きて、コンビニでお茶とおにぎりを買って二人で食べた。午後、爺さんは公園で紙飛行機を折り、幼児たちのはしゃぎ声に包まれた。爺さんと最初に話した日、ポケットに百円しか残っていなかったので、健太郎はこの退屈な生活を甘んじて受け入れるしかなかった。午後の大半、彼は街をぶらついた。夕方になって健太郎がアパートに帰ると、爺さんの顔はホッと明るくなるのだった。なんとなく居ついた野良猫が、再び戻ってくるのを待っていた家主のような表情だった。

　夕飯もコンビニで調達することが多かったが、爺さんは時々近くの弁当屋に行き、温かい味噌汁付きの「のり弁当」を二つ買った。健太郎にはハンバーグ弁当や牛丼を振る舞うこともあった。

　食べながら、爺さんが健太郎に尋ねた。

「ケン、お前これからどうするんだ？」

「えっ、あぁ、食事代は後でまとめて払うよ」

　健太郎がそう答えると、爺さんは笑って言った。

「そんなことを聞いているんじゃない。カネの心配はいらんよ。俺はちゃんと年金がもらえるんだ。微々たる金額だけどな、老いぼれになった今、これがなかったら生活していかれない。世間では国の役所の手違いとやらで、もらえるはずの年金をもらえない人が大勢いるそうじゃないか……俺は運が良かったよ。ところでお前はこのまま大人になっちまうつもりかね？　そしたら本物のホームレスになるぞ」

爺さんは箸を置くと語り始めた。

「おふくろは俺が小さいときに男と逃げちまったそうだ。親父は闇の世界ではちょっとは名前の知れた人間だった。窃盗団やスリの面倒を見て、盗品を捌くことを仕事にしていたんだ。そのためには高級な時計や宝石の価値を見抜けなきゃならん。親父はその技を俺に継がせようとしたが、俺が一人前にならないうちに大酒がたたって肝臓をやられて死んじまった。その後、押し込みでぱくられた奴の口から俺の名前が出て、俺は二十歳を少し過ぎたときに初めて捕まったが、刑務所行きは免れた。そのときに身元を引き受けてくれた蒲田の町工場の社長、これが仏のような人だった。この社長に出会ったおかげで、俺の人生は変わったんだ。社長は俺が旋盤工としてまっとうな道を行くように、本物の家族のように面倒見てくれた。昔はそんな奇特な人間がいたんだよなぁ。工場の金回りが苦しくても掛け続けてくれたおかげで、俺はこうして年金がもらえるわけだ」

「その社長はどうなったの？」

「死んだ。とにかく、俺が言いたいのは……」

爺さんはそこで話すのを止めた。それから、まあいいやという顔をして、黙ってしまう。

「のり弁当」の残りを食べ始めた。あまり説教が過ぎると健太郎が出ていってしまうのではないかと心配になったのだ。

爺さんは時々「小遣い稼ぎ」と称して広告のチラシをポストに入れる仕事をしている。紙飛行機の原材料は、このときにちょっとずつ頂戴するらしい。共同生活を始めて一ヶ月ほどが過ぎた頃、その日は梅雨の走りのような天気だった。雨が本降りになる前に仕事を終えることができるように、健太郎はチラシ配りの手伝いをしてやることにした。

銀行や会社のビルが立ち並ぶ旧中山道の賑やかな大通りから一つ路地を入ると、荒れた空き地に残された紫陽花が本番に先駆けて花を開き始めていた。この場所に、以前はどんな家が建っていたのか、健太郎は思い出せなかった。

暗い灰色のブロック塀の一部分が、傾いた状態のまま道路沿いに立っていた。下のほうは蔦に覆われ、最上段に積まれた波形の穴あきブロックと笠の部分は風化が著しく、アンコールワットの趣を呈している。その壁面に大学ノートくらいの大きさのブリキの看板が鋲で打ちつけてあった。聞いたことのない電気屋の広告だ。かなり昔のものらしく、手書きであることは明らかだった。電話番号の局番は一桁しかなく、塗料の剥げたところは赤茶色に錆びていた。

よく知っている道なのに、こんな古びた看板には今まで気づかなかった。家電といえば大型量販店が当たり前の健太郎にとって、商店街の小さな電気屋を思い描くのは難しかった。かつてはこの通りにも活気があり、「サザエさん」や「ドラえもん」に出てくるような魚屋、八百屋、雑貨屋、薬屋、洋品屋が軒を連ねていたのだろう。

『そういえば、この道を通って、調神社《つきのみや》のお祭りに連れていってもらったことがある……』

健太郎は両親と手をつないで歩く幼い自分の姿を想像してみた。やわらかな陽射しの中の親子連れは、遥か遠くの世界の別の家族に思えた。しかし、数少ない外出の機会にワクワクしたことはよく覚えている。神社の境内に並んだ綿菓子、風船、人気アニメのキャラクターのお面……、カゴに入れられてピヨピヨと鳴き声を上げているひよこが断片的に思い出された。

あの日、健太郎は両親に懇願して、ひよこを一羽買ってもらった。とても嬉しくて、そのひよこを抱いて帰ったほどだった。しかし、縁日で売られていたひよこは既に弱っているものが多く、健太郎のひよこも間もなく目を閉じてじっとしたまま動かなくなってしまった。彼はひよこを電気スタンドの下に寝かせて小さな体を温め、嘴に水をたらしてやった。献身的な看病の甲斐なく、回復の兆しのないまま、ひよこの体は冷たく硬直していった。健太郎は逆立ったレモン色の羽毛を優しく撫でて泣いた。

そのとき、まだオムツをしていた妹がヨチヨチとやってきて、ひよこをいきなり掴み、床に投げつけた。それは歩き始めたばかりの乳児によく見られる行動だった。何もわからずにやっていると理解してはいても、健太郎は殺してやりたいと思うほど妹が憎かった。怒りに任せて妹を突き倒した彼は、父と母の両方から酷く叱られたのだった。結局、理不尽な親の態度に対する憤怒の感情だけが、孤立感と共に彼の心に蘇った。

『あれは何歳ぐらいのときだっけ、あぁ、僕にも幸福な子ども時代があったらしい……。妹が憎らしいほど可愛がられていたことしか思い出さないけど、きっと僕も凄く可愛がられて、それなりに幸せだったんだろうなって、少なくとも想像することはできるさ。でもそんなのは全部嘘だ……。あぁ、なんで、どうしてこんなことになっちゃったんだ？　誰か説明しろよ！　僕はちゃんと頑張ってきたのに……、何故、誰のせいでこんなに惨めなんだ？　ちぇっ、やってらんねえよ』

古くからの商店と住宅の跡地に点在する時間の忘れ物が、こうして健太郎の胸に明と暗のまだら模様を浮き上がらせた。

『あーぁ、こんなこと考えるのは時間の無駄さ。バカみたい！　そう、僕が頼んだわけじゃないのに僕は生まれた。責任があるのは僕じゃない！　親だ！　それを認めさせなくちゃ気が済まない。もしも、今、僕が死んじゃったら、両親は悲しむだろうか？　責任を果たせなかったことを後悔するだろうか？　僕を上手に育てられなかったと謝るだろうか？　僕のことを可哀想だった、すまなかったって思うだろうか？　畜生！　畜生！』

彼は両親に「後悔させたい」、そして、「謝らせたい」と考えていた。しかし、何をどのように謝罪させればすっきりするというのだろう。本当はすべてが彼自身の自己嫌悪の裏返しであることに心の何処かで気づいているし、誰かのせいにして、そこから逃げ出すことが得策ではないことも彼は知っている。だからこそ、自分でも持て余すほどに苛立っているのだった。

世間では無差別に人を傷つける事件が起こり、マスコミが大騒ぎをする度に摸倣犯が現れる。健太郎は『自分もやってみたい……スカッとしたい』という気持ちがわからなくもなかった。特に荒川沖や秋葉原の殺傷事件のニュースには興味を覚えた。しかし、それらの事件は、自分が生活する世界とは別の次元で起こっていることのように感じていた。

雨が降り出したので大きな書店の裏口から店に入った。ここで雨が小降りになるのを待つことにしよう。書店なら退屈しないし、大通り側の表口から出れば近道にもなる。ぶらぶらと店の中ほどに差しかかったとき、健太郎は一人の見知らぬ若い男が気になって足を止めた。

その男は書棚の陰でコミック本数冊をズック布製バッグに入れた。健太郎はその一部始終を目撃した。他の売り場でも同様のことをしてきたらしく、バッグは重そうに膨らんでいた。男が向きを変えた瞬間、通路の反対側に佇む健太郎と視線が絡んだ。しかし、男は慌てる様子もなく、普通の足取りで店の表口から堂々と出ていった。

『なんだよ、あいつ』

健太郎は妙に腹が立った。自分には関係ないと思って無視することもできたのだが、ルールを守らないで得する人間の存在が許せなかった。彼は男の後を追った。正義感に目覚めたのか？　いや、そうではない。純粋に正義のためならば、店員に書籍の盗難を知らせれば十分である。憎らしいと思う気持ちを抑えられないからこそ、彼はその男の行動に興味を持ったのだ。

店の外に出た時、男は十メートルほど先の交差点を右に曲がるところだった。その姿が見えなくなると同時に健太郎は人ごみを縫って走り出した。男を追って交差点を右に曲がった瞬間、腕を強く掴まれて、彼はビルとビルの間にある薄暗い隙間に引きずり込まれた。

「なんか文句でもあんのかよ」

あの男だった。近くで見ると二十歳そこそこの風貌で、まだ十代のようでもあった。体格はがっしりとして健太郎よりも大柄だった。よく日焼けした肌にはうっすらと脂がテカり、額には玉の汗が浮かんでいた。

男は健太郎の両肩を壁に押しつけて、腹を蹴り上げるしぐさをした。健太郎は反射的に体を硬くして身構えた。そのとき、男の後ろから若い女の声がした。

「カズちゃん、早くしてよ！」

男の名前はカズというらしい。カズは健太郎から目線を逸らさないまま女に言った。

「先にそれを持ってってくれよ。後から行くから」

「わかった。早く来てよね」

女は盗んだ本の入ったバッグを、カズの足元から重そうにぐいと弾みをつけて持ち上げた。彼女はそれを肩に掛けると、足早に立ち去った。

カズは気勢をそがれて、健太郎の肩を押さえていた腕の力を緩めた。しかし、健太郎は動くことができずに、そのまま壁に張りついていた。カズが短く言った。

「なんでくっついてきたのか言えよ、えっ？」

その語気の強さに圧倒されて、健太郎はボソリと答えた。

「わかんない」

「バカか、お前……。名前は？　名前言えよ！」

カズは再び健太郎の首を絞め上げた。健太郎はくいしばった歯の間から、やっとの思いでかぼそい声を出した。

「……岩井……健太郎……」

「岩井君よぅ、いいこと教えてやるよ。現場を見ていたのに黙っていたお前は立派な共犯者だからな。いいか、共犯なんだよ！」

そう言って鼻でせせら笑うカズの眼差しには狂気が潜んでいた。彼は健太郎の体から手を離すと人の流れの中に消えた。


カズが立ち去った後、健太郎は膝から下がなくなったように力が抜けて、その場に崩れ落ちた。彼は言いようのない不穏な空気に怯えていた。それは、初めて知る「闇」の感触だった。カズのような人間は自分とは関係ない場所に生息するものと、つい先ほどまで彼は思っていた。しかし、善良な日常と犯罪の世界は一枚の薄紙の表と裏のように密接して存在していることを、今、実感したのだ。

『共犯者……』

雨は既に止んでいた。健太郎はのろのろと残りのチラシを配り終えて、爺さんの待つアパートに帰った。何者かに後をつけられていることなど気づくはずもなかった。

盗人のエチュード

平穏な日々がゆっくりと流れて六月になる頃、健太郎は書店で万引きを目撃した際の嫌な記憶からようやく解放された。実際、カズの顔を思い出すこともなくなり、健太郎はあのときの出来事そのものを忘れつつあった。

暑さで早く目覚めた日、一枚しかない貴重品のタオルで首筋の汗を拭きながら爺さんが言った。

「今日は買い物に行きたいと思うんだ。付き合ってくれるか」

「いいよ」

健太郎が答えたとき、こたつの上で充電中の携帯電話が鳴った。母からであることを確認して、健太郎は電話のスイッチを切った。それを見ていた爺さんが言った。

「また、おふくろさんか？　たまには出てやれよ。心配しているんだろうに」

健太郎も頭の中の何処かではそう思っていた。しかし、もやもやとした何かが邪魔をしていた。それが何なのか、素直になれない理由を上手く説明できなかった。

「べつに……いいんだ。元気だって、時々メール送ってるから。ケータイの料金はあっちで払っといてもらわないと……使えなくなると困るからさ」

健太郎の勝手な言い分に、爺さんは何か言いたそうな表情だったが、「そうか」と一言答えただけだった。

『お前の親は携帯電話の料金だけでなく、私立高校の高い学費もきっと払い続けているだろうに……』

爺さんは腹の中で呟いた。爺さんの知る限り、母親からのもの以外にメールや電話が掛かってくることはなかった。健太郎には友と呼べる間柄の人間がいないのは明らかだった。それでもなお、何かを待っているかのように携帯電話を大切にしている健太郎のことが、爺さんには不憫に思われてしかたがなかった。

二人はアパートを出て駅前の信用金庫に立ち寄った。爺さんはそこで年金の口座から二千円を引き出した。それから大きなスーパーに入り、衣料品売り場に向かいながら爺さんは嬉しそうに言った。

「さてと、そのなりじゃ見ているだけでも暑苦しくてかなわんよ。涼しそうなやつを自分で選んでくれ……二千円以内だぞ」

　爺さんが買い物と言っていたのは、健太郎の衣類のことだったらしい。そのために大切な貯金から二千円引き出したのだ。健太郎は戸惑って言葉を返した。

「えー、いらないよ。だって悪いもん。自分のもの買いなよ」

　爺さんはにっこりして言った。

「いいんだ。こういうことを一度してみたかったんだよ……ほらっ、家族みたいにさ。いいから選んでおいで、俺はここで待ってるから……どっこいしょ」

　彼は新商品を着たマネキンの足元の台に腰を下ろした。健太郎の家では、何着もの上等な衣類が彼の帰宅を待っているであろうことは、爺さんにも十分想像できた。

『今日買うのは臨時のつなぎだ。近いうちにこの少年を親もとに帰らせなければならない。このまま本当に堕ちてしまわないうちに……』

　爺さんは健太郎をもとの生活に戻らせるように、そろそろ本気で考えなければいけないと思い始めていた。しかし、再び独りぼっちになる日を先に延ばしたいという素朴な感情が、彼を躊躇させていた。

　健太郎は割り切れない気分だったが、爺さんがあまりにも楽しそうだったので、断るのは気の毒な気がした。二枚480円のトランクスと980円の正札に半額シールの貼られたTシャツ一枚を店内用のカゴに入れた。戻ろうとしたとき、見切り品のハンガーに掛かっている前開きシャツが目に留まった。白地に茶とベージュのペンストライプチェックが涼しげに見えた。それは、彼が小さいときに気に入っていたシャツの柄にそっくりだった。

値札に重ねて貼られた最終値段は780円。よく見ると、右袖口のボタン付け糸が緩んで解けそうになっていた。同じ品物を探したが、残っているのはこの一点だけだった。健太郎はシャツをカゴに入れて爺さんのところに戻った。

二人でレジの前まで来ると、健太郎は爺さんにカゴを渡して言った。

「もう一つ買うもの思い出した……ちょっと待ってて」

急いで売り場に戻っていく健太郎の姿を見やって、女性店員がレジを打ちながら言った。

「お孫さんとお買い物ですか？　いいですね」

爺さんは目を細めて答えた。

「ええ、いい子ですよ。あいつは……おぉ、そうだ、すぐに着せてやりたいので値札を取っちゃってもらえるかな？」

「はい、承知しました」

そこへ健太郎が二枚組みのタオルを持って小走りに戻ってきた。値段は２５０円。

「お待たせ！　二人分のタオル、これでちょうどだね」

「はい。合計二千円ちょうどでございます」

店員はにっこりして答えた。健太郎はなんとなく軽やかな気分になり、ごく自然に口元が緩んだ。爺さんに促されて、彼はトイレでTシャツと前開きシャツに着替え、今まで着ていたブランド品のトレーナーを袋に入れた。店頭広場のベンチで待っていた爺さんは、健太郎を見て満足そうに頷いた。


買い物を済ませた健太郎と爺さんはアパートに向かってゆっくり歩いた。どちらも殆ど口を開かなかったが、二人の間にはなんとなくわかり合えているという安心感が漂っていた。街にはウィンドウショッピングを楽しむ年配の人々、ベビーカーを押すギャルママ、顧客回りのホワイトカラーが行き交い、駅周辺の空気は活気に満ちて明るかった。その風景の中に、ごく自然に馴染んだ爺さんと健太郎は本当の祖父と孫のように見えた。

しかし、楽しい気分も長くは続かなかった。

神社裏の公園の角を曲がると、アパートの階段に寄りかかる人影が見えた。

『カズだっ！』

突然、恐怖が蘇った。健太郎はうなじから背中にゾクッと冷たさが走るのを感じた。あの日、カズはここまで彼の後をつけてきたに違いない。健太郎は回れ右をしてその場から走り去りたい衝動に駆られた。しかし、何も知らずに隣を歩いている爺さんをカズと一緒に残したまま逃げ出すことはできないと思った。爺さんは同居人と呼ぶよりも、もっと大切な人になっていた。何も考えられないまま、健太郎は階段のところまで来てしまった。そして、彼が爺さんと一緒にカズを無視して前を通り過ぎようとしたとき、百円ライターをいじくっていたカズは視線を手元に落としたまま、顔を上げずにわざとらしい低い声で言った。

「よぅ、相棒、話があるんだ」

その声に含まれる凄みを感じた健太郎の全身に鳥肌が立った。本当にどうすればよいかわからず、お手上げだった。爺さんの後ろを行きながら、彼はカズに小さく頷き、無言で階段を上がった。カズは先ほどまでと同じように手摺りに寄りかかり、煙草に火を点けた。そこで健太郎を待つつもりらしい。

部屋に戻り、スーパーの袋を置いて、すぐに出ていこうとした健太郎に向かって、爺さんが言った。

「行くつもりか？　やめるわけにはいかないのか？　どうも気に入らない奴だ……あいつは危ない匂いがする。俺にはわかる」

爺さんは真剣な表情で続けた。

「昔、俺らの若かった時代、盗人もそれなりに職人芸だった。スリだって、空き巣だって、みんな修業して技を磨いたものさ。そして、堅気の皆様を傷つけたりすることは絶対なかった。だがな、あいつみたいな今どきのチンピラは滅茶苦茶だ。悪いことは言わない……あいつとは関わらないことだ。危ないぞ」

「大丈夫だよ。自分でなんとかする。すぐ戻るよ……じゃあね」

健太郎は爺さんの返事を待たずに部屋を出た。内心は大丈夫どころではなかった。階段を下りていくときには緊張で膝がガクガクした。

健太郎が戻ると、カズは火が点いたままの煙草を投げ捨てて言った。

「あの紙飛行機爺いと仲良くして部屋に入り込むなんて上手いよなぁ。あの爺い、カネ持ってるみたいじゃないか……やっぱ狙うなら年寄りだよ、うちらもひったくりは婆あを狙うもんね」

健太郎が黙っているとカズは続けて言った。

「ところでさ、こっちにも少し分けてくんないかなぁ？」

健太郎はカズの言葉に含まれる脅しの圧力を強く感じたが、押し黙っていた。カズは健太郎の顔を覗きこむようにして囁いた。

「耳、聞こえてんだろ？　返事しろよ。えっ、バカかよ、お前。そんじゃぁ、爺いのところに直接お小遣い貰いにいこうかなぁ……うちら仲間だからいいよな」

相手の思惑通り、健太郎は即座に反応した。

「ダメだ！　放っといてよ。もう帰ってよ」

カズは落ち着き払った物腰で言った。

「そうはいかないね。お前、今いくら持ってんだよ？」

「ないよ……」

「そんじゃ、しゃあない。爺いを叩こうぜ」

「ダメだ、やめてよ！　そんなこと……」

懇願する健太郎の声は震えていた。カズはつまらなそうにフンと鼻を鳴らした。

「まあ、爺いは後回しでいいか。そんだったらさぁ、こっち手伝えよ……うちら共犯者だろ。お留守のおうちにお邪魔しておカネ頂くお仕事だよ」

「それって泥棒じゃないか」

健太郎が呟くように言うと、カズはわざとらしい口調で言った。

「しょうがないじゃん、だって、爺いを叩くのは嫌なんだろが……。この頃さ、昼間留守だと思って入ったら婆あが居ちゃってさ、最初はこっちもドキッとかしたけど、ちょっと小突いただけで笑っちゃうぐらいすんなりカネくれるんだ。そんなんで何回かは上手くいったんだけど、こないだは犬に騒がれて失敗、危ないとこだったぜ。だから今日はやっぱ留守のところにしよう。もう狙いはつけてあるんだ。じゃ、行こうぜ」

断ればカズは暴力を振るうだろう。健太郎はどうしたら阻止できるのかわからないまま、カズと一緒に歩きだした。二人は小さな子どもたちが連なる滑り台の脇を通り、アパートと反対の方向に向かった。

遠ざかって行く二人の後ろ姿を、爺さんは部屋の窓からじっと見下ろしていた。彼らが公園の角を曲がり視界から消えた後も、彼はそのまま見つめていた。その眼差しには不安の影が漂っていた。

二人の少年は二十分ほど歩いて競馬場近くの住宅街にやってきた。浦和から草加に抜ける旧道を曲がると、長い年月を感じさせる一戸建て住宅が狭い路地に沿って並んでいた。どの家も既に育児の時代を終えて、静かに佇んでいる。

昭和の中頃に建てられた木造住宅の多くは生垣か軽量ブロックの塀に囲まれており、植木が多すぎる小さな庭と開閉に苦労しそうな門扉があった。これら古い家並みの隙間に、カーポート付き三階建ての新しい住宅が敷地いっぱいの大きさの羊羹を立てたように点在していた。面白いことに、どちらのタイプの家からも生活音は聞こえてこない。高齢者世帯と共稼ぎ世帯が多いためだろう。平日の日中に人の気配がしないのは不気味なほどに寂しい感じがする。

まるで真夏のような陽射しを受けて、遠くの屋根瓦がギラギラしている。健太郎は新しいシャツの袖で額の汗を拭った。さらに進むと、宅地に寄り添うような小さなクヌギ林に入った。何処からともなく涼しい風が抜けて、うなじを乾かしてくれた。

「ガキの頃さ、カブト虫捕りにきたんだ。この木のとこ……」

カズが珍しく悪行以外の話題を口にした。彼も自然の空気に心地良さを感じたのだろう。しかし、健太郎が言葉を返す前にその話は唐突に終わった。林を出たところでカズが立ち止まったのだ。彼の視線の先を目で追うと、道から少し引っ込んで建つ二階家があった。どちらかというと古いタイプの住宅だった。北側に玄関ポーチとカーポートがあり、家の南側には植木がごちゃごちゃと置かれた庭があった。

カズが口を開いた。彼は恐い目つきに戻っていた。

「あの家のオバサンが昼過ぎにカチッとした格好で出かけた日は、ガキが学校から帰ってくる夕方まで誰もいない。それが確か週の中か後半だったと思うんだ。今日、もしオバサンがお出かけだったら乗り込もうぜ」

健太郎はカズの情報収集能力に驚いた。その能力を使えば、健太郎の後をつけて居所を突き止めるのも容易いことだったのだろう。

カズは携帯電話で時間を確かめると続けて言った。

「だいたい今ごろなんだけどなぁ……」

健太郎は、この家の人が今日は出かけずに居て、カズが空き巣を諦めますようにと祈った。そして、何故こんなところでこんな奴と泥棒なんかすることになってしまったのか、答えを求めるように天を仰いだ。

そのとき、カズの肘が健太郎の上腕を小突いた。

「ほら、お出かけタイム！」

その家から四十か五十代と思われるスーツ姿の女性が現れた。書類カバンのような大きめのショルダーバッグから鍵を出し、玄関ドアの上下二箇所に鍵を掛けてから、コツコツとヒールの音を立てて歩き出した。彼女が駅のほうに向かって角を曲がり、その姿が見えなくなると、カズが二階のベランダを指差してから親指を立ててグッドのサインを出した。二階に目を向けると、レースのカーテンが微かに風を受けて揺らいでいた。ガラス戸が完全には閉まっていないらしい。

「超ラッキー！　ガラスを割らないで行けそうだ。まず、塀と家の壁の間に隠れろ。ほら、なにやってんだよ、早く行けよ！」

カズはそう言って健太郎の腕を掴み、背中を強く押して先に行かせた。健太郎が逃げ出すチャンスを完全に封じるためである。玄関の前を通るときに、チラッと表札が見えた。そこには「星川」と書かれていた。一階の窓と勝手口は施錠されていることを確かめてから、カズが言った。

「お前が二階から入って、この勝手口を中から開けろ」

「嫌だよ」

「マジかよ？　殴られたいのか？　お前は共犯者なんだ。もう逃げられないんだよ、早くしろよ！」

カズは健太郎の胸ぐらを掴んで、苛々をむき出しにしてそう言った。健太郎は消え入りそうな声で答えた。

「わかったよ……言うとおりにするから、もうやめてよ……手を離してよ」

健太郎は指示されたとおりにカズの肩に乗り、ブロック塀に足を掛けて弾みをつけ、タイミング良くベランダの手摺りを掴んだ。そのまま手摺りを乗り越え、意外なほど簡単に二階のガラス戸の前に来てしまった。確かにガラス戸は五センチほど開いていた。サッシに手が触れようとした時、健太郎はテレビで見た刑事ドラマの鑑識を思い出した。

『あっ、指紋！　指紋を残さないように……何かで拭き取らなくちゃ……』

彼は前開きシャツの袖口を摘んで手摺りを拭いた。指が直接触らないように気をつけてガラス戸を開け、彼はついに部屋の中に一歩入った。ほぼ中央に置かれたベッドの足元に大小のぬいぐるみが山になっていた。女の子の部屋らしい。数秒間、彼はその場にじっと立っていた。床に目を落とすと、淡いピンクを基調とした可愛らしいパステルカラーのカーペットが敷かれていた。

『なんだか、土足で踏んづけちゃ申し訳ないような……』

健太郎は、その場でスニーカーを脱いだ。再び耳を澄ましてみた。家の中はひっそりと静まり返っている。本当に誰もいないみたいだ。

出来の悪い二足歩行ロボットのように、彼はギクシャク歩き出した。まずは一階に下りなければならない。階段はどこだろう？　心臓の鼓動に合わせて、頭がズキンズキンと痛んだ。口の中がカラカラで気分が悪かった。開けっ放しのドアからそっと頭を出して、廊下の様子を窺った。子ども部屋を出たところに階段があった。歩を進めながら、健太郎は自分が自分でなくなったような不思議な感覚に襲われた。

『今、階段を下りてキッチンに向かっているのは僕じゃない。本当の自分は何処かほかの場所にいて、そこから冷ややかな目で僕を見ているんだ……これは僕じゃない。きっと夢さ……でも、指紋をちゃんと拭いたりして……脳ミソ働いてるじゃん。やっぱ、夢じゃない……マズイよなぁ、どうしてこんなことになったんだっけ……』

トイレと洗面所の前を過ぎるとダイニングキッチンだった。大人四人がゆったりと食事できそうなダイニングテーブルの上に、ダイレクトメールの類が何通かとたたんだ今日の朝刊、そして五千円札が一枚置かれていた。健太郎はその札をポケットに入れた。

『今、勝手口の鍵を開けて、カズにこの五千円を渡してやれば、もう勘弁してもらえるだろう……きっと、これで帰らせてもらえる』

そのときだった。カシャシャという音に健太郎は凍りついた。あれは鍵をさし込むとき、鍵束のほかの鍵がドアに触れる音だ！

『カズ？　いや、違う、戻ってきたんだ！』

ドアの曇りガラス越しに、明らかに女性と思われる人影が……。その瞬間、健太郎は呼吸すら忘れて廊下に飛び出た。爪先立ちでそっと階段を上ろうとしたとき、背中で開錠の音を聞いた。まさに間一髪、勝手口ドアが開く気配と同時に健太郎は二階の子ども部屋まで戻った。

『気づかれただろうか……』

この家の女性が、二階に逃げた彼を追って階段を駆け上がってきたら……と考えただけで全身に鳥肌が立った。

『早く……急げ……、早く外に出なくちゃ……』

階下の様子に気をとられながらガラス戸に向かおうとして、健太郎は足元のぬいぐるみの山を思い切り蹴飛ばした。バサッという鈍い音を立ててぬいぐるみたちは散り、レースのカゴのようなものは、入ったときに脱いだ健太郎のスニーカーの上まで飛んでいた。

『やべぇ！　あぁ、どうしよう！』

今度こそ気づかれたに違いない。健太郎は慌ててカゴをのけ、スニーカーを突っかけて履いた。振り返る時間も惜しかったので、後ろを気にすることなく、一直線にベランダに出た。手摺りを乗り越えてぶら下がり、片足を塀に引っかけてカズを捜した。しかし、そこにカズの姿はなかった。家人が戻ってきたのを見て、先に逃げ出したのだろう。

『そうだよな。待ってるはずないよな……なんか、めちゃくちゃバカみたいだな……まったく、これって何なんだよ！』

健太郎はカズにあっさり見捨てられた自分が滑稽なほど惨めに思えて、ぶら下がったまま無性に笑いたくなった。指の力が抜けて、彼は半ば落ちるような格好で飛び降り、幸いなことに無事着地した。

全速力でその場から走り去りたい焦りを必死にこらえ、健太郎は歩いた。何故走らなかったのか、その理由はわからなかった。ただ、もう一人の自分が「走るな！　走れば目立ってしまうぞ」と囁いたからだった。幾つかの路地を曲がって、車が行き来する旧道に出るまでの道のりが長く長く感じられた。やっと落ち着きを取り戻したとき、彼は立ち止まって片方のスニーカーを脱いだ。実は先ほどから何かが入っていることはわかっていたのだが、逃げるのに必死で、取り出すことができなかったのだ。

スニーカーを振るとペンダントが手のひらに落ちた。

『なーんだ、おもちゃの首飾りか……さっき、ぬいぐるみを蹴飛ばしたときに入っちゃったのかな』

健太郎はペンダントを捨てられそうなところはないかと辺りを見回したが、人目を引いてしまいそうなので、とりあえず五千円札と一緒にポケットに入れた。

ぶらぶらと歩いて駅近くまで戻ってくると、いつの間にか夕方になっていた。人の流れに乗って駅前の雑居ビルに入った健太郎は、シャツの右袖口のボタンがなくなっていることに気づいた。現場に落としてきたかもしれないという不安を抱えたまま、彼は様々なテナントの前を通り、当てもなく彷徨った。

しばらくして、猛烈な空腹感に襲われた。それと同時に爺さんの心配そうな顔が胸に浮かんだ。カズに脅されてアパートを出てから僅か数時間しか経っていないのに、健太郎は自分が裏側の世界の人間になってしまった気がした。爺さんの忠告を聞けばよかったと思った。一度犯罪に手を染めたら、もう元には戻れないのだろうか……。

雑踏の中を歩きながら、彼は自分だけが買い物客たちと透明な壁で隔てられているような孤独を噛みしめていた。家庭が煩わしくて家出したのに、知らない人々の中に独りでいることの心細さを、彼は初めて強く意識した。

『お願い、誰か助けて……』

空腹に負けた健太郎は、旨そうな匂いに引き寄せられるように地下の惣菜売り場に入った。百円のコロッケと百五十円のメンチを二個ずつ注文し、ポケットからあの五千円札を出した。店員の視線が怖くて、品物とおつりを待つ時間がとても長く思えた。

『どうせ後戻りできないんだから、しょうがないよ。盗んだお金だっていうことに店員は気づいただろうか……いやいや、大丈夫、お札に印があるわけじゃない。もし疑われて何か聞かれたら、拾ったって言えばいいさ』

揚げたての温かい包みと四千五百円を受け取り、健太郎はホッとして歩き出した。

そのときだった。

後ろから先ほどの店員の声が彼を呼び止めたのだ。

「あっ、お客様！　お待ちくださいっ！」

健太郎はその場に倒れてしまいそうなほどビクッとした。一瞬にして全身の血液が何処かに流れ出てしまったように凍りついた。

「はっ、はい……」

彼は半ば覚悟して、小さな声で返事をした。すると店員はカウンターの向こう側から手を伸ばして言った。

「タイムサービスのキャベツです。当店の特製ソースもどうぞ！」

健太郎は袋に入れられたキャベツの千切りとソースを無言で受け取った。

アパートが見えるところまで来たとき、健太郎は立ち止まって辺りを窺った。カズの姿はなかった。階段を上り、コツコツと小さくノックすると、すぐにドアが開いて爺さんが現れた。健太郎の帰りを待っていたのだろう。爺さんは何も訊かずに頷いた。健太郎はそれに応えるように言った。

「ただいま」

一緒に暮らすようになって初めて交わした帰宅の挨拶だった。彼はこたつの上にまだ温かい包みを広げながら、出来るだけさりげなく聞こえるように言った。

「これ買ってきたんだ。食べようよ。タイムサービスでキャベツとソース付きだよ！」

健太郎はコロッケとメンチを次々に口いっぱい頬張った。爺さんはコロッケを口に運びながら言った。

「俺はこれだけでいいから、もう一個食べな。ところで、これを買うカネはどうしたんだ？　さっきの奴とひったくりでもしでかしたんじゃなかろうな……」

「ちっ、ちがうよ。あのぅ……中学の友だちから借りたんだ」

「ほう、そんないい友だちがいたのか」

爺さんは皮肉っぽくそう言った。健太郎の説明を全く信用していない素振りだった。健太郎は黙って爺さんの残したメンチを食べ始めた。下を向いたまま、ぼそぼそと噛んだ。美味しさは何処かに吹っ飛んでしまった。代わりに雑踏の中で味わった孤独な閉塞感が彼の喉もとに舞い戻ってきた。

急に何かが込み上げて、健太郎は食べるのをやめた。

「ごめんなさい、仕方なかったんだよ……。ごめんなさい、ごめんなさい、本当にごめんなさい……」

彼は今日の午後起こったことを訥々と語りだした。爺さんは目を閉じて静かに耳を傾けていた。健太郎が話し終えたとき、爺さんは初めて口を開いた。

「残っているカネを出しな……俺が五千円に戻してやるから。明日、一緒にその家までカネを返しにいこう。許してもらえるかどうかはわからん……窃盗は犯罪だからな。だけど、俺はお前を信じている……もう二度とこんなことはしないって……、そうだろう?」

健太郎の目から涙が溢れ出し、頬を伝って顎を濡らした。肩を震わせて泣き続ける彼を、爺さんは愛おしそうに見守っていた。

暫くして健太郎は新しいタオルで顔を拭い、ポケットから四千五百円を出してこたつの上に置いた。くしゃくしゃの千円札と絡まって、金色のペンダントが一緒に出てきた。バラの蕾をモチーフにしたデザインで、花びらから落ちる露の部分にはめ込まれた石がキラッと反射した。それを見た爺さんの目が突然険しくなった。すぐにそのペンダントを手に取り、真剣な表情で尋ねた。

「これ、どうしたんだ?」

「それ、おもちゃの首飾り……さっき、逃げるときにいろいろ蹴飛ばして靴に入っちゃったらしいんだ。どうかしたの?」

健太郎は不思議そうに答えた。すると爺さんは首を横に振って言った。

「これは……おもちゃじゃない」

「えっ、それじゃ、その金色のが純金とか?」

爺さんはペンダントを載せた手を下げて腕を伸ばし、目から距離をとるために背筋も伸ばして顎を引いた。たっぷり一分以上かけて、彼は真剣な表情で品物を眺めまわした。そして次に喋りだしたときの爺さんの声は何十年も若返ったように滑らかだった。

「純金は柔らかすぎて傷つきやすいからあまり使わないんだ。これはおそらく18金か20金ぐらいだろう。職人が手仕事で鋳造したものだ。研磨の仕上げも素晴らしい。間違いなく一級品だよ」

「ふぅん」

爺さんは注意を促すような視線を健太郎に向け、ペンダントを指差して言った。

「それより問題はこの石だ……まさか、この年になってこいつにお目にかかるとは驚きだ……。惚れ惚れする品物だよ」

爺さんはそう言って黙り込んでしまった。健太郎は何のことだかわからず、せがむように訊いた。

「ねえ、どうしたの？」

爺さんはペンダントにはめ込まれた宝石を食い入るように見つめていた。それは淡い青色を帯びた石で、得も言われぬ上品な輝きを放っていた。吸い込まれそうな美しさに溜め息を漏らして彼は答えた。

「昔、若い頃、盗品の目利きをしていた話をしたろ……一度だけ、これと同じ種類の石を見たことがある」

爺さんの言葉につられて、健太郎は思わず言った。

「もしかして、これ、本物のダイヤモンドってこと？」

爺さんはゆっくり頷いた。それから彼は手を伸ばし、テレビの隣に置きっぱなしになっていた古いカバンを引き寄せた。ゴソゴソとかき回して、中から時計店などで使うようなレンズを取り出し、片目にはめて暫くその石に見入ってから、彼は口を開いた。

「俺もだいぶ老いぼれて、もう目がダメになっちまった……でも、間違いない。これは本物も本物、ダイヤの中でも最高級品……ブルーダイヤモンドと呼ばれる石だ。御徒町辺りの店でも、こいつを見たことのある人間は少ないだろう」

「えーっ、うっそー！　マジっすか？　冗談でしょ！　ガラスだと思った。だって、おもちゃの中にあったんだよ……信じられない。正真正銘のブルーダイヤモンド？でも、もし、それがホントだとすると、いくらぐらいするものなの？」

「さあな、０・５カラットで五百万以上、この大きさだと……、混入物もないし、たぶん一千万……。とにかく、お前はとんでもない品物を頂戴してきたということだ」

健太郎は驚きのあまり声が出なかった。しかし、爺さんは眉間にしわを寄せて、ブルーダイヤモンドを眺めながらポツリと言った。

「だが、どうも、何か変なんだ……」

「じゃあ、やっぱりニセモノ？　そのほうが普通でしょ」

健太郎は納得できそうな説明を探し求めるように言った。しかし、爺さんは首を横に振った。

「いや、その辺で普通に見かける人工ダイヤってやつはジルコニアといってな、これとは全く違う。こいつは確かに本物だ。しかし天然のブルーダイヤモンドにしては美しすぎる。整いすぎているとでもいうか、まるで造られたような本物……いったいどういうことなんだ……おやっ、刻印があるぞ……」

爺さんはレンズの焦点を合わせ直して、ペンダントの裏にあった小さな文字をたどたどしく読んだ。

「『母さん、いつまでも一緒に』か……、益々わからんな」

そのまま考え込むように宙を睨んでいた爺さんは、健太郎に顔を向けると真剣な口調で言った。

「いやぁ、まいったな。このブルーダイヤモンドのペンダントが盗まれたということになると話が違ってくるぞ……とにかく現場に戻るのはまずいな、暫くは警察が目を光らせているだろうから……。それから、捜査の手が及ぶ前に、できるだけ早くこいつを処分しなくちゃならん。俺はずいぶん昔に足を洗ってしまったから、すぐには処分できないかもしれないなあ……」

「何処かその辺のゴミ箱に捨てちゃ、ダメなの？」

健太郎が心配そうに尋ねると、爺さんはレンズをはめていたほうの目をこすりながら答えた。

「さあ、どうかなぁ、テレビのニュースでも時々騒いでいるだろぅ……ゴミの中から札束が出てきたとか、人間の一部分が出たとかさ。誰にも気づかれずに処理されて終わることもあるが、偶然誰かの目に留まって拾われたりすると厄介なことになる。捨てるとしても、形を変えてからのほうが安全だ。だけどなぁ、こいつを眺めていると処分するのが可哀想みたいな……なんだか変な感じだよ」

「それじゃ、ともかく預かっててくれる？」

「あぁ、そうだな……お前がこれを持ったまま捕まったらとんでもないことになるからな。それと、念のため訊くが、他に足がつくようなものを、まさか現場に残してこなかったろうな？」

「うん……」

健太郎はシャツの右袖口に下がった糸をいじくりながら、曖昧に返事をした。

母と娘のカノン

ダイニングテーブル上の五千円が消えてから最初の週末を迎えた。その後、警察からは何の連絡もなかった。母のチェストから持ち出したペンダントをなくしたと言えない重苦しさが、いつも頭の何処かに引っかかっていた。一人で下校するとき、宿題の問題を解いているとき、テレビを見ているとき……ふっと、そのことが浮かんできては理央奈の気分を暗くした。いっそのことペンダントの存在そのものをなかったことにしてしまいたいと願った。彼女の罪悪感は時間の経過に伴って薄められていったが、その一方で、些細なことに腹を立てたりイラついたりすることが多くなった。

土曜日の午前中、遅い朝食をとりながら葉子が言った。

「休みの日ぐらいは自分で布団を元通りに直して、きちんとベッドメーキングして、部屋の片づけをしてくれると嬉しいんだけどな……塾は午後からなんだから、出かける前に出来るでしょ。私は美枝子と待ち合わせして父さんのところに行くけど、リオより先に帰れると思う。いいわね、頼んだわよ」

葉子の父は脳梗塞からは生還したものの、一日の大半をベッドと車椅子で過ごす生活を余儀なくされていた。父を手助けするために福岡から戻ってきたとき、葉子は子育てと平行して、一人で認知症の母を介護しながら、体が麻痺した父の介護もするつもりだった。しかし、同居して間もなく、そんなことは正気の沙汰ではないと彼女は悟った。

在宅介護に関する行政の支援プログラムはいくつもあるが、どれも基本的には家族が介護することを前提としていた。気持ちがあるだけでは務まらない一人での介護の限界を実感した葉子は、父を説得して有料老人ホームに入所させた。経済的にそれほど余裕があるわけではなかったが、比較的負担の軽い特養などの介護老人福祉施設は、申し込んだ時点で二百人待ちだと言われたからだった。

母が亡くなったとき、葉子は父を家に連れて帰ってやりたいと思った。口には出さなくても、老いた父が我が家に戻りたい気持ちでいることはよくわかっていたから。しかし、認知症介護のつらく生々しい記憶が母の死後も葉子の心を占拠し続けて、彼女は父に「帰ろう」と言えずにいた。それを察した父は、葉子と理央奈の生活を優先するべきと考え、引き続き施設に世話になることに決めた。そうすることが父の本意ではないことをわかっているだけに、葉子はさらに苦悩した。

　こうして、母の認知症と闘った五年の月日が、その後も澄むことのない深い淀みとなって、葉子の思考にくっきりとした影を落としていた。彼女は思った。

『理央奈のために、父さんは遠慮して施設に残ることにした。それは父さんがそう考えるように私が仕向けたから……、本当は私が父親の介護から逃れたかったのではないかしら？　そうよ、娘にとって父親は母親よりも遥かに遠い存在なの。父さんには母さんにしてあげたようにはできない……もう嫌、ゴメンだと白状してしまえばいいのに、それを正直に言わないで、父さんが孫の幸せを願う気持ちを利用した私は卑劣だ』

　彼女は自分自身を責め立てていた。目に見えない重荷の下ろし方が見つからず、葉子は今もそれを背負い続けていた。

　同じ市内に住む二歳年下の妹、美枝子は葉子の複雑な心情を感じとっているようだった。葉子と美枝子は二人だけの姉妹である。美枝子は五年前に夫を膵臓癌で亡くし、その一年後には自分が乳癌の手術を受け、その後に転移が見つかり、再手術を受けていた。結果的に母の介護をすべて葉子に押しつけるような形になったことを彼女は申し訳なく思い、父のところへは頻繁に顔を見せるように心がけていた。今日は美枝子の提案で、久しぶりに姉妹そろって父を訪問することになっていた。

理央奈は自室を片づける必要があることはわかっていたが、葉子から先に言われたことが単純に不愉快だった。

「休みの日ぐらいはのんびりさせてよ。午後は塾だし……私だって大変なんだよ。ママのほうこそ、物置になっちゃってる和室を片づければ？　今でも、おばあちゃんのものでいっぱいじゃんか。和室が使えるようになったら、パパが来たときに泊まる部屋だってできるじゃない……、一石二鳥だよ」

理央奈はハムとレタスをパンにはさみながら、いつもの調子で口答えした。普段ならすぐに返ってくるはずの小言が飛んでこないのを不思議に感じ、理央奈は葉子のほうへ顔を向けた。葉子はぼんやりと宙を見つめていた。その目はどこか悲しげで、うっすらと涙を湛えていた。理央奈は心配になって言った。

「ママ、大丈夫？」

葉子はふと我に返ったように二度ほど瞬きし、大きく息を吸い込んでから溜め息まじりに答えた。

「ちょっと思い出しちゃって……。そうだね、私も母さんのもの……、いつかは、やらなくちゃ……」

和室には葉子の母の人生が今なお息づいていた。洋裁の腕前が一流だった母はファッション性に敏感で華やかな色柄を好み、様々な変化のある装いを自分流に楽しむ性格の人間だった。七十歳代前半までの現役主婦時代に手間を惜しまず仕立てたワンピース、スーツそしてコート類を詰め込んだダンボール箱が何箱も和室に積み上げられていた。そして、いちばん手前に置かれた箱には、途中まで縫いかけの服地に待ち針を打った状態のものが入れてあった。それらはつい先ほどまで母の手が触れていたように、縫い物が再開されるのを待っていた。

認知症の症状がまだ軽かった頃、何十年も使い続けてきたミシンの扱い方を「ある日、突然」思い出せなくなった母が、葉子に尋ねた。

「ねぇ、このミシン、初めてだから、どうやるのかわからないの……ちょっと教えてちょうだいよ。こんなの初めてだから使い方を知らないのよ」

母は言い訳をするように「初めてだから」を何度も口にした。裁縫が苦手だった葉子は冷たく言った。

「何言ってるのよ、それ、母さんのミシンじゃないの……。私は知らないわよ。自分のミシンなんだから、よく考えれば、そのうちに思い出すでしょ」

母が何度頼んでも、葉子は手を貸そうとしなかった。母はミシンの前に座り、何時間もいじっていたが、とうとう諦めてしまった。こうして、最後のダンボール箱には、母がそれ以上縫えなくなったことを物語るものが入れられていた。表地と裏地の合わせ方を間違えた身頃、同じ側の袖が二つ、ファスナーが垂れ下がった後ろ身頃……それらを見ると、葉子の胸は後悔で張り裂けそうになるのだった。

『あぁ、なんて意地悪なことしちゃったんだろう……。形だけでも一緒に縫い物やってあげればよかった。私は、そうじゃないよ……とか、ちがうでしょ……とか否定してばかりで、いたわりの言葉ひとつかけなかった……』

今思えば、あの頃の母はまだまだ普通の生活が出来ていたし、話し相手になってあげられる段階だった。しかし、葉子は幼い理央奈の世話に追われ、母を放っておくことが多かった。母が「うちに帰りたい」と言っても、葉子は「ここがうちよ」と答えるだけだった。もう少し母の身になって考えていたら、母の「まだらボケ」を頭ごなしに訂正したり、否定することをせずにいられたのではないだろうか……。もし、それができていたなら、自分の気持ちは今よりもずっと楽だったにちがいないと葉子は思っていた。

認知症が進行した母は、大切にしていたはずの洋服を鼻歌交じりに裁ちバサミで切り刻むようになった。時には自分の服を、着たままの状態で切り裂くことすらあった。葉子が無理やり止めさせようとすると母は逆上し、ハサミを握ったまま本気で襲いかかってきた。葉子はハサミをむしり取り、母に理解させようと何度も何度も繰り返し言い聞かせているうちに、次第に自制を失って荒々しく怒鳴り声になるのだった。

「どうしてわかってくれないの！　お願いだから……言うとおりにしてよっ！　もうすぐ理央奈が帰ってくるから、こんなことしてられないのよ……、時間がないんだってばっ！　なんでわかんないの！　言うとおりにしてよってばっ！　もう！　こんなこと、やってらんないんだよっ！」

焦りと絶望の気持ちが臨界にたっした葉子は感情爆発と同時に暴走を始め、母を酷く邪険に扱った。時には汚物にまみれた母を風呂場に閉じ込めたりもした。暫くして、落ち着きを取り戻した葉子は自己嫌悪に沈むのだった。日毎、その葛藤を繰り返しつつ、母の症状は確実に進んでいった。

夜通し母を見張っていて迎える朝には、「こんな生活がいつまで続くのだろう」という絶望感が葉子の全身から活力を奪った。ゴールが見えれば人は頑張れる。しかし、そのゴールとは母の死以外の何ものでもなかった。こうして、暗澹たる介護の記憶が漂う和室は、葉子にとって今なお「パンドラの箱」だった。

幼児だった理央奈が成長し、職場復帰した葉子は自分の道を進むことに忙しくなった。しかし、たとえ何年が過ぎようと、葉子は問い続けるだろう、「娘として誠心誠意できるかぎりのことをしたと誓えるだろうか」と……。哀れにも人格を失くしてしまった母を、怒りに任せて「物」のように扱った事実からは一生逃れられないのだ。この苦しさから彼女を救うことができる唯一の人間は亡くなった母本人しかいないと理解しながらも、彼女は「自分を許してもよいのか」の答え探しに精神を消耗させていた。

一方、理央奈には正常な状態の祖母と過ごした思い出が全くなかった。彼女が幼いときには抱っこされ、離乳食を口に入れてもらい、祖母はごく普通の「おばあちゃん」だったらしい。しかし、その時間はあまりにも短かった。小学校入学の頃には、外に彷徨い出てしまった祖母を葉子と二人で必死に追いかけ、時には手分けをして捜し回った。理央奈は緊急連絡用に持たされた携帯電話を握りしめて、泣きながら祖母を捜した。彼女が今でも携帯電話を持ちたがらないのはそのためだった。

理央奈がまだ低学年のうちに、祖母の脳からは「娘」「孫娘」、そして「それぞれの名前」が消え、異常な行動が日常化した。食事時に祖母は箸を持ったまま立ち上がり、理央奈の皿のおかずを汚らしく食べた。理央奈は葉子に訴える視線を向けたが、葉子は黙って自分のおかずを理央奈の皿に載せるのだった。

やがて、理央奈の成長と反比例するように祖母は幼児になっていった。度重なる異常行動に接しているうちに、彼女は祖母を憎らしいと思うようになった。そして、心の中に壁を築いて祖母の存在そのものを否定することが、平静を保つための自衛策となった。彼女は祖母から話しかけられても無視し、ひとり別の部屋で食事をした。そして、葉子が自分よりも必ず祖母のほうを優先する理不尽さが、彼女の祖母に対する冷淡な態度に拍車をかけた。

ふてくされた理央奈は葉子に不満をぶつけた。

「お友だちのうちみたいに、優しくて綺麗なおばあちゃんが欲しい。あんな汚いおばあちゃんなんかいらない、いなければいい！」

すると、葉子は必ず訊くのだった。

「いなければいいって、どういう意味だかわかっているの？　おばあちゃんがいなくなるってことは、死ぬことだよ……死んじゃうことなんだよ！　リオはおばあちゃんが死ねばいいって言ってるんだよ！」

「………」

葉子はうつむいた理央奈をぎゅっと抱きしめて、さめざめと泣いた。理央奈は祖母の死を望んだわけではないと釈明したかった。しかし、彼女は無言のまま唇を噛みしめて、葉子の腕に抱かれていた。なぜならば、理央奈はこう思ったのだった。

『ママも私と同じことを考えたことがあるにちがいない。だからこそ、こうして痛いほど強く私を抱きしめて泣いているのだ』

祖母が亡くなり、夢にまで見た自分と母だけの正常な生活に戻ったとき、理央奈が心待ちにしていたような幸福感はやってこなかった。それが何故なのかはわからなかったが、母と二人きりの家には何とも表現し難いうつろな空気が漂っていた。月日が過ぎて、ごく普通の日常に慣れてくると、ぽっかりと穴の開いた感じは薄れていった。しかし、理央奈の心の底に本人も気づかないほど小さなシミのような影が残されていた。そのシミは時々顔を覗かせては、彼女自身の声で囁いた。

『もっと優しくしてあげればよかった。ごめんね、おばあちゃん』と……。

理央奈は、土曜日の朝に和室の片づけの話を出したときの葉子の悲しそうな表情が気になっていた。そして、大した理由もないのに祖母の遺品を整理したほうがいいなどと、偉そうなことを言ってしまったことを後悔していた。

翌日、日曜の静かな朝、理央奈が目を覚まして階下に下りると、いつもは閉まっている和室の襖が開いていた。そこから、八畳間の中央に座り込んでいる葉子の背中が見えた。手前の段ボール箱の幾つかの蓋が開けられ、カラフルな色柄の布地や型紙が見えていた。葉子は縫いかけの服地を膝の上に広げていた。

「ママ……入ってもいい？」

近寄り難い空気を感じた理央奈は廊下に立ったまま呼びかけた。葉子は鼻をすすってから振り向いて答えた。

「あぁ、おはよう、リオ。ほら、見てごらん」

葉子の手にした小花模様の服地は前身頃のように見えた。可愛らしいフリルの白い襟が片側だけ待ち針で止めてあった。奇妙に感じられたのはそのサイズだった。幼稚園児か低学年児童に着せる子供服の大きさだ。理央奈が黙ったままでいると、葉子は言った。

「母さんが一番最後まで縫い上げようとしていじっていた服……途中で終わっちゃった。母さんたらチャコペンじゃなくて赤鉛筆で印付けしちゃって……これじゃ印が残ったままになっちゃう。まともな頃の母さんだったら、こんなこと絶対しないのに……。きっと一生懸命だったんだね、リオに着せてやりたくてさ……」

葉子の言葉はそこで途切れ、両肩が大きく震えだした。彼女は一瞬息を止めて嗚咽をぐっと呑み込んだ。そして、絞り出すように言った。

「母さん、どうしてこんなことになっちゃったんだろうね。母さんの一生がこんな形で終わるなんて……夢にも思わなかった。母さんは私と妹の美枝子を生み育ててくれた……。そして、たった一人の孫、リオのことをいつも心配してた……。母さんはね、知的で、とってもおしゃれで素敵な人だったのよ。母さんは八十歳近くまで若々しく元気に生きてきたのに、私の頭の中には死ぬ前の哀れな姿ばかりが浮かんできて……どうしても離れてくれないんだよね」

葉子の膝の上に置かれた服地に涙がぽたぽたと落ちた。理央奈が差し出したティッシュを受け取り、葉子は話を続けた。

「私さぁ、大学で介護の重要性とか学生に話すでしょ……でもね、あれは介護職の心得を教えているだけなの。職業としての介護と家族を介護することは、全く別の話。

年老いて認知症になった自分の親を一緒に暮らしながら介護する悲しさは、言葉では到底説明できないものよ。育ててくれた最愛の親の終末を待つことしかできない……この苦しみは経験した人にしかわからない……絶対に……。デイサービスやショートステイを利用すれば、家族は休養できると世間の人は考えるでしょう。でも、そんな次元の話じゃないの。預かってもらっても何かあればすぐ駆けつけなきゃならないし、二十四時間全く解放されるときがないのよ。そんな生活が続くと、精神的に擦り切れてボロボロになっちゃう。私ね、母さんの世話に明け暮れたあの頃、何度も考えた……母さんより先に自分が死んでしまいたいって、周りに迷惑が掛からないようにするためには母さんを道連れに、とかね……ほら、テレビでさ、母親の介護をしていた元タレントの女性の自殺が報道されたでしょ、私にはその人の心境が手に取るようにわかる。テレビのコメンテーターは『一人で抱え込まないで』『介護の制度や施設を利用しましょう』とか言うけど、介護のために削り取られた家族の人生を元に戻すことは誰にもできないのよ」

葉子は言葉を切って、理央奈に顔を向けた。理央奈は葉子が何を言いたいのか推し測りかねていたが、自殺を考えていたと知って声も出ないほど驚き、ただ呆然としていた。葉子はさらに続けた。

「でも、私はこうして生きている。それはね、リオがいてくれたから……。私はリオのママ。まだ子どものリオを残して、さっさと死ぬわけにはいかない。だから、これだけは言っておきたいの……一人前になったらできるだけ早く私から離れて、できればすぐには帰ってこれない外国に住んで、自分の道をしっかり生きなさい。私はね、年をとって一人では生きていかれないときがきたら、いつの間にかそっと消えてしまいたい。それがママの……」

「やだっ！　そんなこと言わないでよ！　ずっとママと一緒がいいもん。ママは私のこと好きじゃないの？　私がいないほうがいいの？」

理央奈は葉子の背中にしがみついて、声を上げて泣き出した。葉子は両肩に置かれた理央奈の手の甲を優しく撫でた。それから、ぎゅっと力を込めて理央奈の手を握って言った。

「今すぐじゃなくて、リオが大人になってからの話。よく聞いて……『私とリオ』は、『母さんと私』のようにはしたくない。私はリオが大好き、だからこそリオには自由でいてほしい。ただそれだけよ。野鳥の巣立ちやキタキツネの旅立ちを思い出してごらん……見習う価値有り。私たちは『絆』に縛られ過ぎちゃいけないのよ。わかった？　さて、遅くなっちゃったね……朝ごはんにしましょ」

葉子は立ち上がり、理央奈を促した。向き合ってみると、二人の身長はほぼ同じだった。葉子は感慨深げに言った。

「大きくなった……」

理央奈はティッシュで鼻をかんで言った。

「ママ、『むぎゅ』してくれる？」

「お安い御用だわ」

葉子は理央奈を強く抱きしめた。そして、再び込み上げてきた涙を隠すように言った。

「そうそう、押入れの中に手付かずのリハビリパンツとオムツとパッドがたくさん残ってるの。母さんの要介護度が上がって、さいたま市から補助を受けられるようになるまでは、お値段が高くてオマケにかさばって大変だった……もったいなくて捨てられないわよ。今度、お年寄りのデイサービスをしている施設に持っていってあげたらどうかしら。ほら、神社の手前の、リオが通った幼稚園のそばにも何年か前にできた施設があったよね、きっと喜ばれると思うわ」

その日の夕方、葉子は東南アジアからの留学生たちの夕食会に出かけ、理央奈は叔母、美枝子の住むマンションにいた。キッチンカウンターを挟んで紅茶を飲みながら理央奈が言った。

「ねえ、このマンション売っちゃってさ、叔母ちゃんもうちに住みなよ。そうすれば、賑やかになって私は嬉しいな」

美枝子は自分の紅茶を注ぎながら答えた。

「ありがとう。でもね、このマンションは亡くなったダンナと二人で買ったでしょ、やっぱり思い出があるの。それに、ローンのことでは父さんにも迷惑かけてるし、いろいろと面倒なのよ」

「私、ママがいない日は嫌い。うちに帰りたくなくなっちゃう。叔母ちゃんは一人暮らしで寂しくないの？」

美枝子はキャスター付きの椅子をカウンターに引き寄せ、理央奈に向かい合って座った。ティーカップを両手で持ち、一口飲んでから答えた。

「私には子どもがいないでしょ。姉さんにはリオがいる……だから、姉さんのことが凄く羨ましい。こんなふうに五十代にもなると、『ああ、私このまま終わっちゃうのかな』『子ども欲しかったな』『もし子どもがいたら、どんなに幸せだったろう』って時々思うよ。でもね、そろそろ無い物ねだりはやめなくちゃ。私は中学校の英語教師として誇りを持ってやっていこうと決めた。生徒の心に残る先生を貫ければ満足だって考えることにしたの……って言うと格好良すぎるかな。姉さんは私のことを心配して『いつでも戻っておいで』って言ってくれる。けど、私たちには父さんが武蔵浦和に持っていた土地を処分したお金があるし、姉さんも私もちゃんと仕事があって、お互い経済的に困窮してるわけじゃないでしょ、今のところはここを引き払うつもりはないわ。それに、姉さんと姉さんのダンナが母さんの介護のことでギクシャクなってから……ちょっとね……あのとき、私は自分のことでいっぱいになっちゃって姉さんを全然手伝えなかったでしょ、私なりに責任感じちゃってさ……」

美枝子はそこで口ごもった。両親の「事実婚」が、夫ではなく妻である葉子の強い希望であることを理央奈は知っているのだろうか……どちらにしても、うっかりしたことは言えないと感じたからだった。美枝子が黙ったままでいると、理央奈はあっさりと結論を言った。

「ママの頭の中はね、いつも優先順位が決まってるんだよ。私よりおばあちゃんのほうが上だった。パパはおばあちゃんや私よりずっと下のほう、わかりやすいでしょ」

その時、ある思いが理央奈の脳裏に浮かんだ。

『叔母ちゃんなら、ママのペンダントのことを知っているかも……』

少なくとも訊ねてみる価値はありそうだ。

理央奈は口を開いた。

「ねぇ、叔母ちゃん、私の秘密の話聞いてくれる？　絶対内緒だよ」

美枝子はニヤッとして答えた。

「そりゃ、内容によるわね。もったいぶらないで早く話してみてよ」

理央奈は葉子のチェストの引き出しの奥から出てきた特別なペンダントの話を始めた。

「……それがバラの蕾の形でね、花びらから落ちる露がダイヤモンドみたいにきれいな……」

そこまで黙って話を聞いていた美枝子が、すまし顔でボソリと言った。

「それ、ダイヤモンドだよ」

理央奈は目を真ん丸にして、裏返った声を発した。

「うっそーっ!」


美枝子は立ち上がり、寝室に入っていった。暫くして、彼女は濃紺色のビロード地で覆われた長方形の薄箱を手に戻ってきた。カウンターに箱を置き、理央奈に向かって言った。

「これのことでしょ?」

美枝子が箱の蓋を開けると、ペンダントが現れた。黄金色のバラの蕾から一滴の露が落ちそうになっている、あのペンダントだ！　雫の部分には、青色を帯びた美しい透明の石がはめ込まれていた。理央奈は理解できない様子で言った。

「あれっ！　どうして叔母ちゃんがこれを持っているの？」

理央奈は、そのペンダントをじっと見つめた。なくしてしまったものとそっくりだった。しかし、どこか違う……。理央奈は困惑して尋ねた。

「凄く似てるけど、なんか違うよ。なんで？」

美枝子は笑って答えた。

「あぁ、そうか。それを持って鏡に映してごらん」

理央奈はペンダントを手にすると、急いで洗面所に行き、鏡の前に立った。

「あっ！　これだっ！」

鏡に映る彼女の胸元にかざしているペンダントは、今度こそ瓜二つだった。

「えーっ、なにこれ？　どういうことなの？」

美枝子は、どう説明したものかと迷っている様子で答えた。

「リオは手元供養を知ってるかしら」

理央奈が首を横に振ると、美枝子は言った。

「人が亡くなると、お葬式をして、火葬にして、遺骨をお墓に納めるでしょ」

「うん」

「リオのおばあちゃんのお墓がないのは何故か、考えたことないの？」

「えーっ、わかんないよ。そういえば火葬場に行ったのはぼんやり覚えてるけど、そのあとどうだったたか、全然知らないや……」

理央奈はそう答えてから、身を乗り出して小声で囁いた。

「もしかして、お墓をつくらなきゃいけないって、法律で決まってるの？　だとしたら、ママと叔母ちゃんは、しちゃいけないこと、つまり法律違反をしているんだ」

美枝子は口に含んだ紅茶を噴き出しそうになった。ティーカップを丁寧に皿の上に戻してから、彼女は言った。

「法律で決められているのは、区役所に死亡届を出して、きちんと火葬にして、埋葬許可証をもらうまでよ。普通はそのあと、家族が用意したお墓に埋葬するけど、極端な話、遺骨をそのまま家に置いてあっても犯罪にはならないわ。とはいっても、私も姉さんに聞くまでは知らなかったんだけどね……」

そして、美枝子は遠くを見るような視線になって、溜め息交じりに言った。

「そうかぁ、リオは覚えてないかもね……」

なるほど考えてみれば、理央奈は葉子から祖母の葬儀後の話を聞いたことがなかった。葉子には話したくないわけでもあったのだろうか。美枝子は当時のことをゆっくりと語り始めた。それは、理央奈が初めて聞く話だった。

遺体を納棺しているそばで葉子と美枝子が葬儀の相談をしているとき、葉子が言った。

「父さんは他の親戚と同じように曹洞宗のお寺を考えてるらしいけど……。お墓を買って埋葬すると、母さん独りぼっちになっちゃうでしょ。なんだか、母さんが可哀想だと思わない?」

「確かに……もし父さんが元気なら、きっと毎日でも母さんのお墓に向かって語りかけるんだろうな。でも、自分じゃ動けない体なんだから、近い墓地が用意できたとしても、めったに墓参りもできないだろうね」

「お墓は買ってからあとの維持費もかかるよね。月命日と祥月命日のお参りのほかに、何回忌とかお寺との付き合いとかもあるし、掃除もしなくちゃ……。美枝子は星川家から出たわけだし……、私が元気な間はなんとかなると思うけど、みんないなくなった後、リオ一人に全部押しつけて墓守をさせるわけにはいかないわ」

「そうかぁ……、そうだよね……」

美枝子は相槌を打ちながら、葉子の心配ももっともなことだと思った。さりとて、ほかに方法はないのだから仕方ないと考えていた。すると、葉子は身を乗り出して、真剣な表情で美枝子に言った。

「ねえ、真面目な話、ちょっと聞いてほしいの。いつだったか忘れちゃったけど、テレビのニュース番組でさ、『近頃のお葬式事情』みたいなテーマで特集をやっていてね……伝統的なスタイルのお葬式にお金をかける人が少なくなっているそうよ」

葉子は美枝子の顔を覗きこみ、話の本題に入った。

「いい？　よく聞いてね、その番組で、お寺とか墓地とは別の選択肢があるっていうのを見て、私は『これだ！』って思ったの。それは、手元供養といってね、宗教にはこだわらず大切な人の遺骨を身近なところに置いて、いつも一緒に居ることを優先する考え方」

「へー、そうなんだ。でも遺骨をそのまま仏壇に置いたら、それこそ罰が当たりそうだわ。私は、そういうの、なんだか嫌だな」

美枝子が怪訝な顔でそう答えた。しかし、葉子は諦める様子もなく、話し続けた。

「そうじゃなくて、形を変えるのよ。ちょっと調べてみたの。そしたらね、遺骨から炭素を抽出して、黒鉛に変換して、高温高圧下で核を入れて結晶化する方法があるんだって」

美枝子はそれを聞いて、今度は呆れ顔になって言った。

「ちょっ、ちょっ、ちょっと待ってよ。姉さんの話、よくわかんないわ。普通の英語教師にもわかるように説明してよ」

葉子は他の言葉に言いかえることにした。

「炭素の結晶、つまりダイヤモンドよ！」

「宝石の？」

美枝子が知っているダイヤモンドといえば、宝石しか思い当たらなかった。あまりに唐突な葉子の提案に、美枝子は戸惑った。葉子はたたみ込むように続けて言った。

「そう、宝石のダイヤモンド！　あのね、遺骨からダイヤモンドを合成できるんですって。遺骨をそのままで置くより、美しいものが大好きでファッションに敏感だった母さんにぴったりだと思わない？」

美枝子は困惑しながらも葉子の話に引き込まれて答えた。

「合成ダイヤモンドっていうことか……、まさに『母さんのダイヤモンド』ね。そうしたらペンダントとか指輪にして、身に着けられるのね。大切だった人といつまでも一緒っていうわけか……、なるほど。そうかぁ、ダンナが亡くなったときに、それ知ってたら、指輪にしたかったな……」

「どう？　とってもシンプルな話でしょ。費用は、０・５カラット百万円くらいで結構かかるけど、葬儀とお寺とお墓の分を全部そっちに回せば、なんとかなるわ。美枝子が賛成してくれれば、私が父さんを説得する。同じものを二つ作って、一つずつ手元に置きましょう」

美枝子はしたり顔で理央奈に言った。

「あのとき、姉さんの頭の中では、もうバッチリ全部決まっていたのよね。母さんの命があと僅かだとわかってから、ずっと考えていたんだと思うな。迷いってものを全然感じてないみたいに見えたもの。父さんは姉さんの言うことに戸惑ってた。ダイヤモンドの話についていてこられなくてさ……坊さんもお経も戒名もない弔いなんて考えられなかったんでしょうね。父さんは母さんがあの世で道に迷っちゃうんじゃないかって心配してた。姉さんは、『プロの坊さんにお経をあげてもらわないと成仏できないなんて聞いたことない……高いお金を払ってお経を頼むより、家族が心を込めて般若心経を唱えてあげるほうが母さんへの思いやりだ』って言ってた。もともと曹洞宗にこだわっていたのは父さんのほうで、母さんは宗教に関心なかったからね。父さんも最後には姉さんに任せると言ったのよ。でも、一つだけ条件があるって……父さんが亡くなったときには、父さんもダイヤモンドにして、母さんと一緒にしてほしいんだって。私ね、それ聞いてびっくりしちゃった。父さん、よほど寂しいんだなって思ったわ」

理央奈は美枝子の話を復唱するように呟いた。

「あのペンダントのダイヤモンドはおばあちゃんの骨……？」

美枝子は頷いて言った。

「そうゆうわけ。ダイヤモンドといっても無色透明とは限らないそうよ。『お骨』の成分によって、色は一人ひとり微妙に異なるものなんだって……母さんのダイヤはブルー、綺麗な色でしょ。好みの色に仕上がって、きっと母さんも喜んでいるわよ」

理央奈はカップに目を落とした。飲みかけの紅茶にペンダントライトの電球が映っていた。彼女は不思議そうに美枝子に言った。

「でも……、そんな大事なものなのに、ママはどうしてチェストの引き出しなんかに押し込んじゃったんだろう……。なんか変……」

美枝子は同感だという様子で頷き、記憶を辿るように宙を見つめながら、吐き出す息に乗せてボソリと言った。

「そういえば……、合成ダイヤモンドができあがったとき、姉さんはなかなか触ろうともしなかった。自分が提案したのにあまり嬉しそうじゃなかったなぁ」

美枝子は手元のペンダントを改めて眺めると、ふっと顔を上げて言った。

「きっと、姉さんは母さんが亡くなったことに責任を感じているのよ。そんなふうに思う必要ないのに。姉さんは強すぎた……ホント、よく頑張ってた。認知症が重症になって、知的な部分がすっかりこぼれ落ちてしまった母さんは、まるで大きな赤ちゃんみたいだった。そんな母さんのことを、姉さんは我が子のように面倒みてた。例えばね、ひとくち分のご飯をスプーンで口元に運んであげるでしょ、そのときに母さんが口を開けてくれるとは限らないのよ。そうすると姉さんは母さんの唇をスプーンでチョンチョンって刺激して、口を開けてくれるまで根気よく待つのよ。だから食事を食べさせるだけで一時間以上かかることだって珍しくなかった。それから、できるだけ自立排泄をさせてあげたいと思って、トイレに連れていっても、三回のうち二回は大失敗でね。その度に母さんのお尻をお湯で拭いて着替えさせて、床に落ちた便やおしっこを掃除するのよ。普通の人だったら、とてもそこまでの忍耐力はなかったと思う……その頃、リオはママをおばあちゃんに取られて、寂しかったのよね」

美枝子は理央奈の心情に配慮して、そう付け加えた。理央奈が頷いて紅茶をひと口飲むのを待って、美枝子は続けた。

「うちのダンナは膵臓癌が見つかったときに、医者から余命半年って言われた。それから一年後に亡くなったんだけど、とにかく言葉では表現できないくらいつらかった……ダンナも私も。悔いを残したくない一心で、私は頑張った。二人で旅行して、いっぱい写真撮って、いっぱい話して……、今思うと、どうしてあんなに頑張れたのか不思議なくらい。ダンナは苛々することもあったけど、よく笑ってくれた。そして、意識がなくなる前、私の名前を呼んで『ありがとう、ありがとう』って、何度も言ってくれた。亡くなったときにはね、すべて終わったっていう感じで、すごく悲しかった。だけど、ダンナは私の気持ちをわかってくれたんだって確信できたから、彼が死んだときには『あぁ、終わった』って素直に受け入れられた。姉さんにはきっとそういうのがなかったのよ。介護はいつも姉さんからの一方通行だった。重い認知症の母さんとの間に正常なコミュニケーションを求めても、空しいばかりだったに違いないわ。症状が少し改善することはあっても、『普通』に戻ることは絶対にないの。考えてごらん、別の人間になってしまった母さんを何年間も真剣に介護した姉さんが、どれほど悲しくて寂しくてつらかったかを……。姉さんは今でもその傷を抱えている。つまり、介護トラウマから抜け出せないのじゃないかしら……、だから、あのペンダントを引き出しの奥深くに沈めてしまったんだわ」

「介護トラウマ?」

「うん。姉さんは自分のことをまだ許してないのね……、十分すぎるほど尽くしたのに、それでも何かとても悔やんでいるみたい……、きっと、仕方のないことだったって未だに思えないのよ……私の推測だけど」

美枝子は皿のクッキーを理央奈に勧め、自分も一つ摘まんで思い出したように言った。

「母さんはハイカラで、外国映画が好きだった。今は外国映画と言えば、ハリウッド製の娯楽大作が殆どだけど、昔はフランス映画やイタリア映画が流行だったわ。アメリカ映画だって、今よりももっと知的で洒落た作品がたくさんあった。母さんの世代はね、映画館のスクリーンを通して触れる欧米の人々の生活にカルチャーショックを受けたんだろうと思うなぁ。テレビとかなかったから……」

「えーっ、テレビがなかったらニュースも見れないじゃない？」

「当たり前よ！　テレビが普及したのは昭和三十年を過ぎてからだもの。それ以前はね、写真じゃなくて動くニュース映像は映画館でしか見られなかったの……懐かしいなぁ、母さんはオーソン・ウェルズがお気に入りでね、『第三の男』の映像と音楽を絶賛してた。特に極め付きは『市民ケーン』という映画だったのよ……主人公が死ぬ前に『バラの蕾』っていう謎の言葉を残す話を私たちによく聞かせてくれた。映画の話をするときの母さんは物語の中に浸っていて、それは幸せそうで楽しそうだった。だから、姉さんと私は、あのペンダントの形を『バラの蕾』にしようって決めたほどだもの……。でもね、本当はあの映画の主要な箇所にバラなんて一本も出てこないのよ」

「どうして？」

理央奈の質問に美枝子は心持ち思わせぶりの口調になって答えた。

「『バラの蕾』はね、母さんを慕う心の象徴……答えはリオが大人になってあの映画を観るときのお楽しみ……最後までしっかり観ていないと見逃しちゃうわよ。こんな謎解きを仕掛けた私たちの茶目っ気を、リオはきっと気に入ると思うわ」

美枝子は空になったカップを流しに浸けると、また話し出した。

「そうそう、それでね、遺骨からダイヤモンドができあがったときに、姉さんと私は話し合ったの。これからは私たち二人で母さんを守ってあげようということで、二つの『バラの蕾』をミラーイメージで作ろうということになったわけ。その時、インターネットで見つけたデザイナーさんが素晴らしい人だった。私たちから母さんのイメージを聞いて、とても苦労してデッサンを描くところからやってくれてね。何度も描き直してもらううちに、私なんか『もうこれでいいや』って思ったんだけど、姉さんは妥協しなかった。デザイナーさんもプロの誇りを持って、姉さんが納得するまで、やり直し続けてくれた。こうしてできあがったペンダントトップは二つが揃って初めて完成する……まさに世界に一つだけの形見ね。裏を見てごらんなさい……そこに、うーんとちっちゃい文字で『母さん、ありがとう』って印字してあるのよ。すごく小さいから、言われないと気づかないかもしれないね。姉さんのペンダントは、たしか『母さん、いつまでも一緒に』だったと思う……ところで、その姉さんのペンダントがどうかしたの？」

理央奈の顔が急に曇った。あのペンダントがかけがえのない大切なものであることを知った今、取り返しのつかないことをしてしまったという思いが彼女の胸に渦巻いていた。

彼女はうつむいて、小さな声で言った。

「あのぅ……なくしちゃったの……ママに内緒で持ち出して……」

今度は美枝子が驚く番だった。彼女は暫く無言で宙を見つめていた。

それから、ゆっくりと息を吸い込んで、美枝子はおもむろに言った。

「あらまっ、それは大変だわ」

疑念

犯行現場には近づくなと爺さんは言っていた。足がつきそうなものを現場に残さなかったかと訊ねられたとき、健太郎はシャツの袖口のボタンを落としてきたかもしれないことを言いそびれてしまった。おもちゃの首飾りだと思っていたものが、とんでもなく高価なブルーダイヤモンドのペンダントだとわかり、彼は途方に暮れていた。

あのペンダントは偶然スニーカーに入ってしまっただけで盗むつもりじゃなかったと説明したところで、誰が信じてくれるだろう。自分がサスペンスドラマの脚本家だったとしても、もう少しましな筋書きを考えるだろうに……。

健太郎を「盗み」に引きずり込んだカズは煙のように姿を消したままだった。カズは我が身の安全が確実になるまでは出てこないだろう。健太郎の悶々とした気分は晴れないまま、数日が過ぎた。

事件の日からほぼ一週間が経った。その日、爺さんは体が鉛のように重く、歩くのがつらかった。二日ほど前、彼は胸を紐で締められるような痛みに襲われた。暫く蹲っていたら、何とか痛みは遠のいたが、得体の知れない不安が残った。爺さんはそのことを健太郎に隠していた。彼は健太郎に背中を向けたまま言った。

「今日の午後はチラシ配りで稼ごうと思ってチラシを用意したんだが、あんまり調子が良くないからやめておこう」

「また、膝の関節が痛むの？」

「あぁ、そんなところだ」

「チラシ配ってあげるよ。そっちは公園で紙飛行機でも飛ばしてなよ。そうしたら、きっと気分が良くなって元気になるからさ」

「そうか、すまんな」

健太郎は袋からチラシの束を出し、二十枚ほど取り分けて袋に戻して言った。

「飛行機の分を残しておいた」

「あぁ」

爺さんの声に元気がないような気がして、健太郎は振り向いた。爺さんの笑顔はいつもと変わらなく見えた。そのまま出かけようとしていた健太郎は、珍しくもう一度振り向いて言った。

「何か食べたいものあったら、言ってくれればあとで買いにいってあげるよ。一緒に食べようね……、じゃあ」

爺さんから聞いたチラシを配る場所は競馬場の手前の住宅街だった。その地域から、健太郎が盗みに入った家までは徒歩で十分も離れていなかった。数軒の住宅の郵便受けにチラシを配り始めて間もなく、彼は「あの家を確かめにいきたい」という衝動に駆られた。途中の道にシャツの袖ボタンが落ちているかもしれない。ボタンが見つかれば、どれほどホッとできるだろう。

健太郎はいつの間にかあの家に向かって歩いていた。見覚えのある路地は、一週間前と同じようにひっそりとしていた。家の近くまで来た彼は、路面を見つめて行きつ戻りつを繰り返していた。不審者と思われそうな行動だったが、チラシの束を抱えていたおかげで、たまにすれ違う通行人から疑いの目で見られることはなかった。

学校帰りの小学生がちょろちょろと路地に見え隠れする時間になってもボタンは見つからず、彼はその家の前まで来ていた。あの日、よじ登った二階のベランダを見上げたまま、彼は暫く佇んでいた。

「あのぅ、もしかして、うちに御用ですか?」

不意に後ろから声をかけられて、健太郎はうなじから頭頂部の髪の毛がゾクッと総立ちになるのを感じた。振り返ると、ランドセルを背負った女の子が立っていた。身長が彼の肩の高さまであることから考えると、五年生か六年生だろう。ボブスタイルにカットされた短めの髪がよく似合う可愛い女の子だ。

「えっ、あぁ、その……チラシを」

健太郎がやっとそこまで言うと、女の子は微笑んで手を差し出した。

「それじゃ、頂いておきます。ご苦労様です。ありがとうございました」

女の子の礼儀正しさに圧倒され、健太郎は後ずさりしながらチラシを渡し、ぎこちなくお辞儀をして、背を向けて歩き出そうとした。

そのとき、彼女が声を上げた。

「あーっ」

健太郎は今度こそドキッとして立ち止まった。彼は右の袖口が隠れるようにシャツを折り返しながら返事をした。

「えっ、何か?」

「このチラシの中古マンションがね、叔母ちゃんの住んでるマンションと同じだったから、びっくり……」

「はぁ、そーっすか」

健太郎は内心ホッとして、そう相槌を打った。すると女の子は目を輝かせて言った。

「そうだ！　チラシ配るの手伝ってあげる」

彼女はランドセルを下ろして玄関ポーチの子供用自転車の上に置くと、小走りに彼の前に戻ってきた。健太郎は自分が疑われているわけではないとわかり、とりあえず安堵したものの、事態が思わぬ方向へと転がり始めたことに戸惑っていた。彼はこの人懐っこい女の子と視線を合わさないようにしながら言った。

「手伝ってもらわなくても……。もう終わりですから」

すると、女の子の顔から笑みが消えた。彼女はチラシの束に目を向けて言った。

「まだ、そんなにたくさんあるのに？」

そして、翳りのある声になって呟いた。

「私、そんなに迷惑ですか？」

健太郎は慌てて答えた。

「いや、そうじゃなくて……小学生は真っすぐ帰らないと、おうちの人が心配すると寂しげな眼差しが彼の良心を一瞬にして射抜いた。

初めて振り返った。彼女は家の前に立ったまま、黙ってこちらを見つめていた。その

る気配はなかった。十メートルほど進み、最初の角を曲がろうとした健太郎はそこで

健太郎は相手の返事を待たずにくるっと背中を向けて歩き出した。彼女が追ってく

「いゃ、やっぱりマズイっす……、さよなら」

「大丈夫、ママは今日仕事だもん」

か、あるっしょ」

健太郎は反射的に曲がるのを止めて踵を返した。数秒経ってから思考が体に追いついてきた。一歩戻る毎に対立する感情が頭の中を交互に席巻した。

『何やってんだよ！　なんで逃げないんだ！　あの子、忍び込んだ家の子なんだぞ。いったいどうするつもりなんだ？　さっさと逃げろ、逃げろ』

もう一人の自分が反論した。

『もう踏み出しちゃったから、止められないよ。あの子は僕に嫌われたと思っている。そうじゃないって教えてあげなくちゃ……あの子のせいじゃないんだって教えてあげたいんだよ』

『教えてどうする？　偽善者めっ！』

『偽善者じゃない！　安心させてあげたいだけさ。僕はあの子くらいの頃、いつも何かが不安だった。そのままでいいんだよ、僕は僕のままでいいんだって誰かに言ってほしかった。でも、そんなこと言ってくれる人はいなかった。だから、あの子に大丈夫だよって言ってあげたい……』

『寂しくて悲しい思いをしたなら、ほかの奴にも同じように嫌な思いをさせたらいいじゃんか。そのほうがスカッとするに決まってる。安心させてやりたいなんて笑わせるぜ。人助けっていうわけ？　そのご立派な自己犠牲だって、結局は自分の……自己満足のためじゃないか、そうだろう？』

『そうかもしれない……それでもいいさ』

数歩戻ったところで、健太郎は女の子に向かって手を振って言った。

「それじゃ、少し手伝ってくれる？」

彼女は仔犬のように駆け寄ってきた。

「もちろん！　手伝ってあげるよ。私、名前は星川理央奈、十二歳、みんなからリオって呼ばれてる」

もともとチラシを配るはずだった地域に向かって歩きながら、健太郎は理央奈の自己紹介を真似て言った。

「名前は岩井健太郎、十六歳、みんなからケンって呼ばれてる」

理央奈は声を上げて笑った。健太郎は彼女が笑ってくれたことは嬉しいと感じながらも、これから先、彼女をどう扱ったらよいか何も思い浮かばないことに一抹の不安を感じながら言った。

「次は神社のほうに向かって少し行ったところ」

「ラジャー。幼稚園の頃に神社裏の公園で友だちとよく遊んだんだぁ。今は英語の塾のある日に時々通るよ」

理央奈は明るく答えた。誰もいない家に帰らなくてすむと思うと自然に笑みがこぼれた。隣を歩いているのが仲良しの絵里佳と愛子なら、楽しさ十倍で申し分ないのだが、それは贅沢というものだろう。彼女は健太郎に気づかれないように彼の横顔を見上げた。

『この人、ちょっとオタクっぽいかな……痩せ型で暗い感じ……何考えてるのか、よくわかんないから、そう見えるのかもしれないな。ボサボサのヘアスタイルがとってもダサい。だけど、よく見たら結構イケメン……クラスの男子よりは、兄貴みたいでカッコイイかもね……』

理央奈は軽く咳払いをして言った。

「お兄ちゃんと歩いているみたいだな」

無視されるのが心配で、彼女は足元を見つめて健太郎の反応を待った。彼は一呼吸置いて、ぎこちなく言った。

「リオはお兄さんがいるの？」

「うぅん、一人っ子だから。ケン……ケンは妹がいる？」

二人とも意識して相手の名前を呼んで話そうとしていた。その不器用さが、お互いの心にある種の連帯感をもたらした。

「いるよ、デキスギのが一人。成績優秀でさ……、東京の私立中学に通ってるんだ、女子校ってやつに」

「ケンは高校生？」

「まぁね、今はちょっと休んでる」

健太郎はやや躊躇しながら続けて言った。

「あのさ、もしも、こうやって一緒に歩いている人がドロボーとか悪い奴とかだったら危険だと思わないの？」

「ケンはドロボーとか、なの？」

「ちっ、違うけどさ」

「それならいいじゃん。それとも変質者とか？」

健太郎は立ち止まると右手を上げて言った。

「いや、誓って違う」

「ならよかった」

「そうだね……着いたよ、ここから配ろう。こっちは右側の家に入れるから、リオは左側の家」


健太郎がチラシの束を半分にして理央奈に渡そうとすると、彼女は一枚ずつ貰うと言ってニコニコ顔でそれを断った。まとめて預かるよりも、そうしたほうが配る時間が長くなり、帰るのを遅くできると考えたからだった。彼女は住宅の郵便受けにチラシを丁寧に入れては、小走りに健太郎のところに戻り、次のチラシを受け取った。

路地のところどころに群生するオシロイバナの周りに二匹の小さな蝶が舞っていた。淡い紫色の花びらのような翅が、軽やかな輝きを振りまいている。理央奈は蝶たちと戯れるようなしぐさを見せて楽しそうに行き来を繰り返していた。

健太郎は当初、『この子の機嫌を取り持って、早いとこ追い返したい』と勝手に考えていた。笑顔の理央奈は無邪気な子ども時代を謳歌する健康的な少女のように見えた。しかし、時折、肌が触れそうなほど近くに駆け寄ってくる彼女の愛くるしい表情や息遣いの中に、彼は「ゾクッ」とするものを感じていた。あどけなさに混在する初々しい艶やかさを意識したとき、何か熱いものが健太郎の体の芯を瞬間的に貫いた。そして、彼女自身がそのことに全く気づいていないことが、彼の欲情を一層膨張させていたのだった。

「ねぇ、どうして学校休んでるの？」

理央奈にそう訊かれて、健太郎はハッと我に返った。どちらかと言えば不健全と思われそうな妄想をいだいていたことが恥ずかしかった。そんな気持ちを相手に悟られないように、彼は答えた。

「どうしてって訊かれても困るよ。上手く説明できない……」

「学校が合わない？」

「いや、どっちかって言うと家庭の問題かな……今、家出中なんだ」

「じゃあ、よくあるテレビドラマみたいにお父さんと大喧嘩して家出したの？　それともお母さんが原因？　あっ、もしかしてデキスギの妹のせい？」

理央奈は目をくるくるさせて、矢継ぎ早に質問を続けた。健太郎は自分の置かれた環境や行動パターンを、これほどストレートに尋ねられたことがなかった。二ヶ月前の彼だったら「余計なお世話！」と一言で終わりにするところだが、健太郎は頭の中を整理して説明しようと努力していた。理央奈に理解してほしいと素直に願う気持ちが彼をそうさせたのだった。

健太郎は話し始めた。

「うちのお父さんは埼玉県トップの県立高校、浦高から国立の医学部に進学して外科医になった。今は県立総合病院に勤めてる。だからさ、口に出しては言わないけど、僕に期待しているんだ」

「何を？」

「何をって、同じ道を進んで医者になることをだよ。でも、浦高には入れなかった。もともと偏差値では無理ってわかってたんだけど、頑張ればいけるかと思った。けど、やっぱしダメだった。受験の前も後も、お父さんは何も言わない。本当は『頭の悪いダメな奴』って思ってるに決まってるんだ。お母さんはお父さんの顔色ばかりを気にしてる。二人とも僕のこと要らないんだよ。無責任だと思わない？　要らない人間を作ったのは自分たちなのに……」

理央奈は不思議そうに健太郎の顔を見ていたが、おもむろに口を開いた。

「なぁんだ、そんなことで家出しちゃったんだ。よくわかんないなぁ……私、パパと一緒に暮らしてないから。とにかく、浦高じゃなくてもいいじゃない。それにさ、お医者さんに向いてないと思うなら、ケンは何になりたいの？」

理央奈の素朴な疑問は健太郎の自尊心にぐさりと刺さった。

『えっ、僕は何をしたかったんだろう？　そもそも、本心から医者になりたかったんだろうか？　僕は何になりたいんだろう？』

そんなことは考えたこともなかった。彼は少し不快な気分になった。目標を持たない薄っぺらな人間だと思われたくないので、逆に質問を返した。

「それなら、リオは何になりたいと思うの？」

理央奈は目を輝かせて即座に答えた。

「私ね、本を読むのが好き。本はいろんな世界に連れていってくれるよ。だから、本が素晴らしいってことをお知らせする仕事がしたいな。字が読めない人には読んであげて、貧しくて本を買えない国の子どもたちのところには、たくさんの絵本を運んであげるの」

「ふぅん」

健太郎のそっけない返事に、理央奈は顔を曇らせて言った。

「私の言うこと、子どもっぽくてつまらないでしょ」

健太郎は彼女を安心させるために微笑んで、首を横に振りながら思った。

『僕はがむしゃらに勉強するだけで、実は何も考えていなかった。何をするべきか指示されるまで、自分では考えることのできない大人たちを馬鹿にしていたのに……、僕も同類かもしれない。実現できるかどうかは別にしても、胸に抱く希望を明確に語ることのできる小学生のほうがはるかに立派だ』

彼は初めてそれを素直に認める気持ちになっていた。

彼は言った。

「そんなことないよ。リオはえらい。夢を叶えるためには、中学に入ったら英語をがんばらなくちゃね」

「うん、英語にスペイン語に中国語に……、それからスワヒリ語とかいっぱい喋れるようになりたいな。ケンは優しいね。ケンみたいに優しい人はお医者さんになったらいいよ。私、思うんだ……医学部は頭が良くて成績のいい人が入るでしょ。そうじゃなくて、医学部には病気や怪我の人を本気で助けてあげたい気持ちの強い順に入れるようにしたらいいのに……、ねぇ、いい考えでしょ?」

理央奈は自分のつま先に視線を落として話を続けた。

「小さいときにね、おばあちゃんがうちにいるのが嫌でたまらなかった……何年か前に死んじゃったけど、おばあちゃんは認知症だったの。ママがおばあちゃんを連れて月に一度病院に行って、何時間も待って、先生と数分間お話しして、お薬をもらってきたけど、全然良くならなかった。ママは『病院通いは儀式みたいなもんだ』って皮肉ってた。私、おばあちゃんを治せるお医者さんがいたらよかったのにって思う。そうしたら、おばあちゃんを嫌いにならなかったよ。私が嫌いだったのはおばあちゃんじゃなくて認知症っていう病気だったんだ……、そう思いたいの……」

足元の地面では、数匹の蟻が事切れた昆虫の翅を巣穴まで運ぼうと、右往左往していた。理央奈はしゃがみこんで、その蟻たちの様子を暫く見つめていた。健太郎は彼女の視線の先を辿って、同じように地面に展開されているショーを眺めた。

蟻の集団が下草の陰に消えると、理央奈は顔を上げて、もう一度言った。

「ケンみたいに優しい人がお医者さんになればいいのに……」

それを聞いて、健太郎は可笑しそうに笑い出した。偶然出会った女の子の言葉が、乾燥した泥だんごのように固く強張った彼の心に、不思議なほど自然に沁みこんでくる状況がどうにも滑稽に思えたのだ。特別な理由もなく、彼は湧き出るように気分が高揚するのを感じた。『なぁんだ、そんなこと』で苦しんでいた自分はいったい何だったのだろう？

「笑ったの、初めて見た。やっぱり笑うんだ」

理央奈は立ち上がってそう言うと、釣られて一緒に笑い出した。二人はいつの間にか完全に歩みを止め、向かい合って立っていた。

彼女の額は汗で輝き、頬には髪が貼りついていた。健太郎は思わず手を伸ばし、彼女の顔にかかる髪をかきあげてやろうとした。理央奈は瞬間的に体を引いて彼の手をかわし、自分で髪を耳にかけて言った。

「あれっ、ボタン取れてるよ」

見ると、折り返したつもりの袖が伸びていた。健太郎はとっさに一言答えるのが精一杯だった。

「ホントだ……」

健太郎にとって幸いなことに、理央奈はボタンのことを気にする様子もなく、前方に見える公園のイチョウ並木を指差して言った。

「幼稚園の帰りに、あの公園でよく遊んだの。あの頃ね、みんなに紙飛行機を作ってくれるお爺さんがいたの……。最初は変な人だと思ったけど、お話しすると優しい人だった。今もいるかしら、お爺さん」

「今もいるよ」

健太郎の返事に、理央奈はびっくりして訊いた。

「えっ、あの人、ケンのおじいちゃんなの？」

「ちがうよ。あの爺さんの部屋に泊めてもらってるんだ。今、たぶん公園のベンチで紙飛行機を折ってると思うよ。行ってみる?」

「うん」

二人は公園に向かって歩き出した。その時、理央奈は健太郎のシャツのボタンとそっくりなボタンを何処かで見たような気がしたが、努力して思い出そうとはしなかった。

爺さんは健太郎が本当の孫のように気遣ってくれるのが嬉しかった。それは、もう何年も忘れていた感情だった。調子の悪い自分に代わって、チラシを手にアパートから出かける健太郎を見送った爺さんは、ふと思い出して独り微笑んだ。

『あいつ、あとで好きなもの買ってきてやるなんて、優しいこと言いやがる』

彼は袋を掴んで公園に向かった。袋の中には、健太郎が取り分けたチラシが入っていた。

陽射しは翳り気味だったが湿度が高く、剪定を待つ木々の枝が風通しを阻む公園は蒸し暑かった。爺さんはいつものベンチに腰を下ろし、一渡り周囲を見回した。数人の園児が砂場に葉っぱや花びらを並べてお店屋さんごっこをしていた。わんぱくなグループはベンチの後ろにある浅い池で水遊びに興じていた。そして、若い母親たちはおしゃべりに夢中だ。

子どもたちの歓声に心地良く包まれて、爺さんは紙飛行機を折り始めた。爺さんに気づいた子が何人か集まってきた。彼は出来上がった紙飛行機を子どもに手渡しながら上手な飛ばし方を教えてやった。

「いいかい、ただ思い切り強く飛ばそうとしないように……力を入れ過ぎると、いきなり墜落だ。こんなふうに優しく風に乗せてあげるんだよ。力を入れるのは飛ばす瞬間だけでいいんだ。やってごらん」

「ありがとう！」

貰った紙飛行機を手に、子どもたちは思い思いの方向へ走っていった。彼はその様子を満足そうに眺めていた。そうしているうちに、積極的な子どもの後ろで羨ましそうに見ている二人の女の子に気づいた彼は、その子たちに向かって手招きした。子どもは期待に顔を輝かせて、彼のそばに歩み寄った。

「今、新しい飛行機を作ってあげるよ、見ておいで……」

爺さんは女の子のために特別丁寧に紙飛行機を折った。できあがった美しい飛行機を一人に手渡すと、彼はもう一人に微笑みかけて言った。

「『あたし』にも作ってあげるからね、ちょっと待っていておくれ……」

爺さんはもう一枚チラシを取り出そうとして、体の向きを変えた。

その瞬間だった。胸から左肩に向かって槍で一突きにされたような激痛が彼を襲った。彼は苦痛に顔を歪め、低く呻いた。苦しそうに胸元をかきむしる動作とともに、彼はベンチに突っ伏した。女の子たちは突然目の前に展開された光景に怯えるばかりで声も出なかった。二人は数歩後ずさりしてから、くるりと向きを変えて爺さんに背を向けると、一目散に走り去っていった。

『あぁ……死ぬ……俺は死ぬかもしれない』

胸部の強い苦悶感は、はっきりと「死」を予感させた。喉に綿を詰め込まれたようで、息ができなかった。爺さんは全身の神経を集中して、ズボンのポケットに震える右手を入れた。残された力を振り絞り、やっとの思いでポケットから引っ張り出した手には、あのペンダントが握られていた。

『こいつを……、こいつをなんとかしなくては……、俺がなんとかしてやらなくちゃならん……。畜生、今死ぬわけにはいかないんだ。後生だから、もうちょっと待ってくれよ、待ってもらえるなら、行き先は地獄でも何処でも文句は言わない……』

爺さんはペンダントを握りしめて、前方を見据えた。すると、昔世話になった町工場の佇まいが目の前に現れた。その懐かしい情景は『よく頑張ったなぁ……もう休んでいいんだよ。さあ、楽になろう……ゆっくりお休み』と優しく語りかけてきた。穏やかに微笑む社長の後ろから、娘さんが手を振っている。爺さんの若い頃、一度だけ恋焦がれた娘だ。彼女はお嫁にいって間もなく交通事故で亡くなった。我を忘れてむさぼるように見入っていた彼は、ハッとして手の中のペンダントに目を落とした。

『まだだ！　俺はまだ死ねない』

爺さんは一度ぎゅっと瞬きした。意識が戻ると、さらに強い痛みに襲われた。よろけては失敗を繰り返したあとに、彼はやっと立ち上がることができた。よろよろと脚を引きずり、何度も転びながら這うようにアパートに向かう彼の姿を見た人は、昼間から酒に溺れる老人と思ったことだろう。ベンチの下の地面には踏みつけられて泥に塗れた数枚のチラシが取り残されていた。

　夕方、チラシを配り終えた健太郎と理央奈が、爺さんのところに寄ろうという話になって公園に着いたとき、園児たちは既に帰ったあとだった。公園内には哀愁を誘う静けさが漂っていた。健太郎は一つのベンチを指差して言った。

「ほら、あそこに……」

　しかし、そこに爺さんの姿はなかった。

「たぶんトイレじゃない？」

　理央奈はそう言うとベンチのところまで行き、下に散らばっていたチラシを拾い集めて、泥をはらった。健太郎は数メートル離れた公園のトイレを見にいき、肩を竦めて戻ってきた。

「おかしいな……何処行っちゃったんだろう。こんなに散らかしたまま、いなくなるような人じゃないんだけどなぁ……」

健太郎は胸騒ぎがした。彼は五十メートルほど離れたアパートのほうを見やった。そこにも爺さんの姿はなかった。おんぼろアパートの階段の下には、殆ど花の咲かない痩せたつつじが一株だけあり、それとは対照的に膝の高さまでよく育ったおびただしい数の雑草が周りの地面を埋め尽くしていた。

『いつもと変わらない……いや、ちょっと待てよ。あれは何だろう……』

錆で黒ずんだ階段の一段目のところにソフトボール大の白っぽいものが見える。健太郎はアパートに向かって歩き出した。数歩進んだところで、白っぽいものの正体がはっきり見えてきた。同時に耳の中で鼓動音が警報のように鳴り響いた。彼の歩調はズンズン速まった。何故なら、それは人間の手だったのだ。

『あぁ、大変だ！　何か起こったにちがいない。爺さん！　爺さん……何があったんだ』

彼は階段に走り寄った。ベンチの近くにいた理央奈は健太郎の様子にただならぬ気配を感じた。彼女は健太郎に追いつこうとして全速力で公園を横切った。

階段の下では、爺さんが右腕を頭上に伸ばした格好で雑草の中に仰向けに倒れていた。左手はシャツの胸元を握りしめていた。苦悶の表情と不自然な姿勢からは、この場所で彼がもがいていたことが窺えた。

「起きて！　ねえ、起きてよ！　もう大丈夫だよ、起きて……」

健太郎は爺さんの右腕を頭上から下ろして、楽な姿勢に直してやった。そして、震える声で何度も呼びかけ、爺さんの体をさすった。

理央奈も健太郎に倣って爺さんの腕や脚をさすった。爺さんの手足は蝋人形のように白く、しっとりと冷たかった。それは、亡くなった日の祖母の手の感触と同じだった。葉子と理央奈に見守られながら、祖母の浅い呼吸は一回抜け、二回抜け……やがて完全に止まった。葉子はじっと沈黙したまま、祖母の顔をいつまでも見つめていた。触ると崩れてしまいそうなほど憔悴している葉子の隣で、祖母を疎んじていた理央奈は正直なところそれほど悲しいとは感じていなかった。しかし、今の彼女は当時とは少し違っていた。まるで祖母の許しを請うように、彼女は爺さんの手足をさすっていた。

『おばあちゃん、優しくしてあげなくて、ごめんね……本当は大好きだよ。ごめんね、ごめんね……』

そのとき、爺さんの瞼がゆっくりと開かれた。健太郎は爺さんに覆いかぶさるように顔を近づけて、大きく頷きながら言った。

「もう大丈夫だよ、安心して……大丈夫、大丈夫……きっと元気になるからね、大丈夫だよ」

しかし、瞳の焦点は結ばれることなく、爺さんの瞼は再びゆっくりと閉じた。不思議なことに、爺さんの顔はいつの間にか穏やかないつもの表情に戻っていた。健太郎は爺さんの左肘を伸ばしてやった。それから、固い握りこぶしになっていた右手を開いて優しくさすってやった。

爺さんの右手のひらは空だった。ただ、何かを握っていたかのように爪の跡がくっきりと残っているだけだった。

理央奈が呟いた。

「救急車……呼んで」

健太郎は機械的に携帯電話を取り出して番号を押した。数分後に救急車が到着するまで、二人は爺さんに声をかけながら体をさすり続けていた。


アパートの前に救急車が横付けされると、何事だろうという表情で立ち止まる通行人もいたが、街は老人の救命に概して無関心だった。爺さんはストレッチャーに乗せられて救急車内に運ばれた。その場で救急隊員が爺さんの呼吸状態を確認し、改めて首の耳の下辺りを指で触れていた。続けて、隊員は素早く爺さんの胸をはだけて事務的な声で言った。

「心肺停止状態。除細動処置します」

それから健太郎と理央奈に向かって言った。

「君たちは少し離れて、触らないでください」

隊員は袋から二つの電極を取り出し、爺さんの胸の中央と左胸脇に付けた。通電のスイッチが入れられると、爺さんの体はピクッとしたが、それっきり反応はなかった。隊員は引き続き心臓マッサージを始めた。別の隊員が受け入れ可能な病院を探して、次々に連絡をとっていた。

心肺停止状態で緊急に高度の医療処置が必要と思われるケースは受け入れを断られる場合の多いことが、そのやり取りから窺い知れた。

「市立病院と県立総合病院は別の救急患者の処置中だそうだ……まいったな」

連絡をとりながら、救急隊員が健太郎に尋ねた。

「君が見つけたときは、何か話せる状態だった？」

「いいえ、見つけたときは胸を押さえるような格好でここに倒れていました」

「ところで、君たちはこの人の家族？」

「いいえ、知り合いです」

「この人の名前は？　家族の連絡先とか知ってる？」

「名前は岡田。家族はいません。独りです。僕は四月から一緒に住んでます」

理央奈は目の前に展開されるドラマの一場面のような光景を呆然と眺めていた。救命救急現場の中に入り込めない疎外感と、緊急事態なのに自分だけ役目がない居心地の悪さを味わっていた。彼女は車の中に頭を突っ込んで爺さんを見ている健太郎の腕に触って小声で言った。

「まだ、病院決まらないの?」

「うん、見つからないみたい……遅くなりそうだから、もう帰ったほうがいいよ」

健太郎は時間がかかりすぎていることに苛立っている様子で答えた。理央奈は健太郎を見据えて首を横に振った。その目には涙が溢れようとしていた。彼女は呟くように言った。

「このまま死んじゃうの?」

健太郎は返事をする代わりに、爺さんのほうへ向き直った。理央奈はまた彼の腕を引っ張って言った。

「ケンのお父さんに頼もうよ」

健太郎は理央奈の発案に意表をつかれ、あきれたような顔を彼女に向けると苦笑いを浮かべて答えた。

「さっきのやり取りを聞いたでしょ? 県立総合病院も受け入れられないって返事

だったよ。いくら親子でも、そんなこと、無理に決まってるじゃないか。それに、うちのお父さんは特別扱いしたりされたりするのが大嫌いなんだ。病院でお父さんが仕事中のときは、お母さんだってめったに電話しない。それがうちのルールなんだ。お父さんは断るに決まってる。できないよ」

理央奈はなおも食い下がった。

「やってみなくちゃわかんないよ。それでもダメだったら諦めればいいじゃない。もしかしたら、親子だから聞いてくれるかもしれないよ。それとも、お父さんと話すのが嫌なの?」

彼女はさっき拾ったチラシをポケットから取り出して広げた。泥で汚れたチラシが爺さんの命に重なるように思えた。なんとかしなくてはならないと意を固めた彼女は続けた。

「ケン、本当はお父さんのこと、好きなんでしょ? 尊敬しているから、ケンもお医者になりたかったんでしょ? そのお父さんだから、頼んでみようよ……ケンの大切な人を一緒に救ってほしいって」

健太郎は押し黙っていた。理央奈は促すような視線を向けて、彼の答えを待っていた。彼は一度大きく息を吐き出し、携帯電話をポケットから取り出して言った。

「そうだね。ダメモトでやってみるよ」

健太郎は関係者だけが使う医局直通の番号を緊急連絡用に登録していた。父に言われて登録したときには、この番号を使う日が来るとは考えたこともなかった。彼は電話に出た医局秘書に外科の岩井医師の息子であることを告げ、電話の取り次ぎを頼んだ。暫くして父の緊張した声が聞こえてきた。

「はい」

「もしもし、お父さん？」

「元気か？」

「うん」

家出中の息子が最初に電話をかけてくる相手は母親だろうと父は思っていた。子どもたちは父親よりも母親を慕うものだ。予想に反して、息子が病院のほうにかけてきた理由を知りたくて、父はこの短いやり取りに全神経を集中していた。そして、先に切り出したのはやはり父のほうだった。

「どうした？」

「あのぅ……知り合いのお爺さんが倒れたんだ。今、救急車が来て救急隊の人が受け入れ病院を探してくれているんだけど、時間がかかりすぎて……このままじゃ死んじゃうかもしれない」

突然の電話に驚き、家族の身に何か重大な事件が起こったのかと案じていた父は、それを聞いて内心安堵した。

「ちょっと待ってくれ、聞いてみるから」

父は電話の向こうの誰かと言葉を交わしてから健太郎に言った。

「救急処置室は二名の重症者に対応中で、受け入れは無理だそうだ」

父はそう答えただけで、爺さんの容態を尋ねようともしなかった。


健太郎は、今が話を切り出すタイミングかどうかつかめないまま言った。

「あのぅ、死にそうなんだ。この人、僕をずっと泊めてくれていたんだよ。助けてあげて……」

「できない」

「どうして？」

「どうしてって、そんなこと当たり前だろう。病院には規則があるんだ。勝手に受け入れるわけにはいかないよ。私を困らせないでくれ」

予想どおりの返事だった。健太郎は理央奈に向かって『やっぱりダメだよ』と言うように首を振って見せた。彼女は真剣な眼差しを投げ返し、続けて健太郎の腕を掴んで『諦めないで！』と懇願するように頷いた。

同じ思いの仲間、味方がそばにいる……、そう考えただけで、彼は自分を奮い立たせるようなエネルギーが湧いてくるのを感じた。そして強い意志を持って再度父に助けを請う気持ちになった。最初で最後かもしれないこの電話で、自分を思い切りぶつけることを今度も避けてしまったら、きっと悔いが残るだろうから……。

健太郎は言った。

「そうだよね。お父さんを困らせちゃうよね。確かに、この人は年金で暮らしてるお爺さんで、偉い人でもなんでもないよ。でもね、僕の恩人で、家族みたいな人で、一緒にご飯食べて、一緒に買い物して、いろんな話をして……」

電話の向こうで父が苛立っているだろうと考えると、焦りが喉を詰まらせてしまった。感情が空回りするばかりで、上手く説得できないのが情けなかった。彼は泣き声になるまいと努力して、吐き出す息に言葉を乗せるように続けた。

「もう助からないかもしれないってわかってる。だから、今できることはなんでもしてあげたい……この人のために。大切な人なんだよ。死んじゃ嫌なんだ！」

もう何と言ったらよいのかわからなくなってしまった。健太郎の熱い気持ちは急速に萎えた。彼は敗北感を抱きつつ、最後に一言付け加えた。

「この人のことが大好きだから……」


 やや長い沈黙が続いた。それは、健太郎の言葉が父の記憶の中の幼い息子を蘇らせたからだった。父の肩車に乗って大喜びの小さな健太郎は、いつもはしゃいで嬉々とした声で言ったものだった……『わーぃ、お父さん、大好き！』と。あの頃は息子から「大好き」と言われるのが心地良く嬉しかった。今は成長した健太郎からどう見られているのか、もう何年も考えたことさえなかった。父は、自分が親であることの意味を問われているように感じたのだった。


父は答えた。先ほどまでとは声の調子が違っていた。

「わかった。ちょっと救急隊員と話させてくれないか?」

健太郎は携帯電話を隊員に渡した。

「もしもし、……はい。……そうです。胸部苦悶があったようです。現在、ＣＰＡです。……カウンターショックに反応しません。ＢＰ測定不能です。…………了解しました。……………、了解、そちらに向かいます」

健太郎に携帯電話を返しながら、隊員が言った。

「県立総合病院に向かいます。救急搬入口から入って処置室を通り抜けると、もう一つの処置室があるそうだ。とにかく急ごう」

健太郎は救急車に乗り、張り詰めた表情で爺さんの傍らに座った。


理央奈は車の外に取り残された。彼女の心にはなんとも言いようのない寂しさが押し寄せていた。彼女は健太郎についてここまで来たことを後悔した。涙が溢れそうになり、周囲のものが滲んで見えた。

隊員が救急車の扉を閉めようとしたとき、健太郎が慌てて言った。

「あっ、ちょっと待って！」

それから、彼は身を乗り出して理央奈に片手を差し出した。

「一緒に来る？」

理央奈は即座に頷き、彼の手を強く握って車に飛び乗った。

健太郎の父、岩井医師は息子からの電話を切ると、彼の助手をしている若い研修医に向かって言った。

「間もなく救急患者が運ばれてくる。おそらくＡＭＩ（急性心筋梗塞）だろうと思われる。手伝ってくれるか？」

「もちろん。でも、救急処置室はいっぱいですよ」

岩井医師は笑顔で答えた。

「いいんだ。奥の特別室を使う」

「えっ……」

若い医師は驚いて、カルテ記入中のパソコン画面から顔を上げた。特別室とは災害時に備えて確保された予備の処置室ということになっているが、実際は要人や地元の有力者などＶＩＰのための緊急処置室で、院長と部長の個人的判断で使われていた。岩井はこの特別室を廃止して一般救急患者のための設備と人手を増やすべきであると、会議などで度々発言していた。現場のスタッフの多くがそのことを知っており、彼の主張に心の中では賛同していたが、進んで声を上げる者はいなかった。

研修医は眉間にしわを寄せ、不安を隠さずに言った。

「岩井先生、勝手に使って大丈夫ですか?」

岩井はそれに答える代わりに、近くで話を聞いていた医局秘書に向かって言った。その声は吹っ切れたように明るく、何かのスイッチが入ったように高揚していた。

「責任は私が取ります。病院長と部長にはあとで連絡してください。我々はルビコン川を渡ったとね」

「承知しました」

秘書は嬉しそうにそう答えた。


救急車が病院に到着したとき、救急搬入口に岩井と研修医が待っていた。救急隊員は緊張した面持ちで言った。

「先生がお出迎えとは恐縮です」

「人手不足でね。状況報告を聞きながら移動すれば時間の節約になるんですよ」

岩井は酸素マスクのアンビューバッグを引き継ぎながら、そう答えると同時に研修医に向かって言った。

「気管内挿管の用意。まず、エコーだ。それから、使うかどうかわからんが、念のため大動脈用のバルーンとカテの確認をしておいてくれ」

「はい」

研修医は先頭に立って救急処置室を横切り、奥の特別室との仕切りになっているアコーディオンカーテンを勢いよく開いた。先に処置室で治療に当たっていた別の医師が手際よく縫合しながら声をかけた。

「岩井先生、ついに実力行使に出ましたね。応援しますよ。必要なら、ＣＴはいつでも使えますから、どうぞ」

続けて医師は看護師に言った。

「こっちはもういいから、岩井先生を手伝ってあげてよ」

岩井は振り返り、室内の全員に向かって礼を述べた。

「ありがとう」


健太郎と理央奈は爺さんが横たわるストレッチャーの後ろについて処置室に入ろうとした。

「付き添いの方は廊下の長椅子でお待ちください！」

二人に気づいた看護師の威圧的な声が矢のように飛んできた。すっかり萎縮した彼らは後ずさりして廊下に出た。父は健太郎と言葉を交わすことなく、奥の処置室に入ってしまった。健太郎と理央奈は長椅子に並んで座り、なすすべもなくただひたすら待った。

会話の途切れたまま、時間だけがゆっくりと経過していった。理央奈は空腹を感じて廊下の時計を見た。時刻は午後七時。病院に到着してから、もう二時間近く経っていた。日中は来院者でごった返していたロビーや待合室の照明が消され、飲み物の自動販売機の電灯だけが煌々と輝いていた。彼女の隣に座っている健太郎は疲れた表情で救急処置室の出入口をじっと見つめ続けていた。理央奈は彼のシャツを引っ張って囁いた。

「喉渇いた」

健太郎は伏し目がちになって答えた。

「お金ないんだ。ゴメンね」

「私、百円持ってる。百円で買えるのがあるか見てくるね」

理央奈は携帯電話を持っていなかったが、緊急連絡用として百円をポケットに入れていた。彼女が長椅子を離れて自動販売機のほうへ行きかけたとき、健太郎の父が処置室から出てきた。その固い表情は、よくない知らせを予感させるものだった。健太郎はぱっと立ち上がった。

「岡田さんは亡くなったよ」

岩井は短くそう言った。健太郎は無言のまま、瞬きもしないで父の胸の辺りを見つめていた。父はもう一度言った。

「岡田さんは亡くなった……心筋梗塞を起こして心臓が破れてしまっていた。心タンポナーデの状態だ。おそらく何日か前に最初のアタックがあったんだろう。心筋が壊死に陥って脆くなっているところに再度アタックがあって、破裂してしまったようだ。手のほどこしようがなかったよ」

健太郎はやっと口を開いた。

「苦しそうだった？」

父は首を横に振って答えた。

「いや、意識は回復しないまま亡くなった。眠るように穏やかな顔をしていたよ。助けられなくて悪かった……すまなかったな」

大きく見開かれた健太郎の目に涙がいっぱいになり、溢れ出た最初の一筋が頬を伝って流れ落ちた。それが合図であったかのように、彼は肩を震わせ声を上げて泣いた。その姿を悲しそうに見ていた父の目に涙が滲んだ。

父は何かに突き動かされるように、いきなり両手を広げて健太郎を強く抱きしめた。そして、かみしめるように言った。

「力になれなくて……ごめん……」

それは、お互いの心が響き合った瞬間だった。

父の腕の中で健太郎は途切れ途切れに呟いた。

「倒れているのを見つけたときにね、あの人、一度だけ目を開いたんだよ。まるで……僕のこと、待っていてくれたみたいだった。きっと、お別れが言いたかったんだ……そうだよね……」

父は頷き、健太郎を抱く腕にぎゅっと力を入れて言った。

「うちに帰ろう、一緒に帰ろう……。もう、心配することはないよ。学校のことや、これから先のことはゆっくり時間をかけて考えればいい。焦ることはないさ。その気になりさえすれば、いろんな道が見えてくる。うちに帰ろう……一緒に……」


理央奈は自動販売機の前に立ち、二人に声をかけることも忘れて成り行きを見守っていた。父親とのこじれた関係が新しい絆へと変化するのを目撃し、彼女は素直に健太郎が羨ましかった。

そのとき、彼女の存在に気づいた岩井が言った。

「あの子は?」

健太郎は子どものように泣きじゃくる姿を彼女に見られてしまったことに気づき、恥ずかしさを感じながら答えた。

「星川理央奈さん。チラシ配りのアルバイトを手伝ってくれていたんだ」

岩井は理央奈に向かって言った。

「私はあと一時間ちょっとで出られるので、健太郎と一緒に待っていてくれれば車で送ってあげられるけど、それじゃ遅くなりすぎるかな?」

理央奈は緊張して答えた。

「あのぅ、母に電話して迎えにきてもらいますから、大丈夫です」

岩井は頷くと健太郎に向き直って言った。

「それじゃ、ここで待っててくれ……一緒に帰ろうな」

「うん」

薄暗い廊下に岩井の後ろ姿が消えると、理央奈は健太郎の携帯電話を借りて家に電話を掛けた。葉子は心当たりの家に片っ端から連絡している最中だった。

「いったいどうしたの？　私より先に帰ってるはずが、ランドセルだけ置いて、こんなに遅くまで……何処にいるの？　心配したのよ！　生きた心地がしなかったわ」

葉子の声は普段より酷く低音で、理央奈の身を案じた心労がどれほど大きかったかを物語っていた。

理央奈は公園の紙飛行機爺さんが亡くなったことを伝え、病院まで付き添うことになった経緯を説明して、葉子に迎えを頼んだ。電話を切ってから三十分経たないうちに、救急処置室前の廊下に葉子が現れた。

健太郎と理央奈は同時に立ち上がった。通り一ぺんの挨拶が済むと、葉子は毅然とした物腰で健太郎に言った。

「お爺さんを助けようとしたことは立派だと思います。ただし、理央奈はまだ小学生ですから、もっと早く家に連絡をするように、あなたからも言ってほしかったですね。これからは気をつけてくださいな」

「はい。すみませんでした」

健太郎はそう答えてぺこりと頭を下げた。弁解をしない彼の態度に、葉子は清々しさを感じ、表情を和らげて言った。

「お父様によろしくお伝えください」

理央奈は後ろ髪を引かれる思いで葉子と歩き出した。夜間出入口から外に出る前に、彼女は一度振り返った。健太郎は独りぽつんと立ってこちらを見ていた。

駐車場に向かって歩きながら、葉子が言った。

「あの男の子は悪い子じゃなさそうだけど、こんな時間まで連絡なしに小学生の女の子を連れまわすのはダメよ、問題あり」

「いろいろなことが起こって、それどころじゃなかったんだもん」

「リオだって、しっかりしなきゃいけないよ。十代の女の子は美しきロマンスを求めるけど、男の子は現実の肉体を求めるものなの……気をつけなさいよ、わかった？」

「うん、わかった」

理央奈は短くそう答えたが、本質はそういう問題じゃないと言いたかった。

『誰もいない家に帰るのが嫌だったから、ケンについていっただけだよ……、ママがちゃんとうちにいてくれたら、行かなかったもん！　だから、ホントはママのせいなんだからね！』

しかし、口には出さなかった。それよりも、彼女は先ほど病院の薄暗い廊下で見た光景に心奪われていたのだった。理央奈は岩井医師が健太郎を抱擁する姿を何度も思い返し、おもむろに口を開いた。

「パパ、今ごろ何してるかな？」

彼女は、頭の中にある理想の父親像と岩井医師をいつの間にか重ねていた。現実の父は中肉中背の中年……どう見てもパッとしないおじさんだ。

「ケンのお父さんってさ、なんかカッコイイんだよね。うちのパパも『舘ひろし』みたいな人だったらよかったのになぁ。もう少し着るものとか気にすれば、今よりはましになるんじゃない？　ママはパパのこと考えてあげないの？」

「えっ、どうかしら……お互い忙しいからね……元気ならいいわ」

葉子は意外な質問に戸惑ってそう受け流した。理央奈は納得できない様子で、さらに訊いた。

「えぇー、ママはパパのこと愛してないの？　そうか、愛してたらちゃんと結婚して、パパと私のためにおうちにいてくれるはずだよね……。ママはパパのこと要らないみたいだよね」

葉子はすぐには返事をしなかった。いつかは出る質問だと覚悟していたが、このタイミングか……と思うと、彼女は理央奈の不意打ちに内心苦笑した。さりとて、「大人になればわかること」とか、「今はまだ知らなくていいこと」という言い逃れはしたくなかった。出来るだけ簡潔に答えるために暫く考え込んでから、葉子は言葉を吟味するようにゆっくりとした口調で話を始めた。

「愛してるに決まってるでしょ、私たちは心焦がすような恋に落ちた……だからリオが生まれたのよ。でもね、冷静になってみると、リオのママになる以前に、私には星川葉子としての人生があったのよ。これはこれで捨て難いものだわ。一般的には、結婚してどちらかの戸籍、多くは妻が夫の家に入るでしょ。考えてごらん、結婚前のキャリアや人生が白紙になってしまうかもしれないのよ。私はね、妻は夫に従属することが当然だと考える風潮が大嫌いだったの……ゴメンだわ。結婚に限らず、女だっていうだけで男に従っていかなくちゃならないなんて、すごく嫌だと思った。アメリカやヨーロッパみたいに、いろいろなライフスタイルに合わせて様々なカップルの形があってもいいじゃない」

聞いている理央奈の顔に反発の表情が浮かんでいるのを不安に感じながら、葉子は続けた。

「日本にはね、結婚して養ってもらう以外に女性の選択肢がなかった時代の名残が、まだまだあちこちにたくさんあるのよ。リオも社会に出て仕事をするようになればわかるよ。しっかりしたキャリアがあって、自立していれば、男も女もわざわざ結婚する必要はないと私は思う。こうして、私はパパの奥さんとして暮らすよりも、自分の両親の世話のほうを選んだ。もし普通に結婚していたら、両親の介護が必要になった時点で私は離婚を望んだと思う……私の性格では、パパの親と自分の親の介護の両立は無理だものね。だから、後悔はしてないわよ、私は自分の生き方が気に入っているし、今さら変えるつもりもないの。そして、これからはリオが立派に育つのを見ることが、我が人生後半の最大の楽しみっていうところね」

「離婚になるとは限らないじゃない？　離婚しなくても親の介護は出来るでしょ……、ママは何でも自分独りで完璧にやろうとするから、そうなっちゃうんだよ」

理央奈は勢いづいて反論を続けた。

「あのね、ママはアマゾネスだってパパが言ってた。強すぎるんだよ。ママがパパの分も頑張っちゃうから、パパの出番がないんだ。パパ可哀想だよ、ママはそう思わないの？」

葉子は、理央奈の批判的で嫌味な物言いに全く動じる気配を見せずに答えた。

「そうかしら、考えてごらん。将来リオがお嫁にいったら、自分の親のことは後回しにして、旦那様の両親を面倒見るんだよ。私は自分に正直だから、そんなこと嫌だと思ったの。自分の親のほうが大切に決まってるじゃない。それが現実よ。そんなにパパが可哀想だったら、リオがパパと暮らしてあげたらどう？」

「えーっ、一緒に暮らすなら、パパよりママのほうがいいに決まってるよ。でも、私は大人になったら、絶対普通の結婚をして、可愛い奥さんになって、旦那さんと子どもの世話をして幸せに暮らしたいな……私はママみたいに旦那さんを四捨五入で切り捨てしない！　それから、ママは私と一緒に居るの、百歳過ぎても一緒だからね！」

「あらまっ、それはありがたいお言葉ですこと……でも、ババ付きのお嫁さんはなかなか相手が見つからないと思うよ」

　二人は車の見えるところまで来ていた。葉子は、大げさにお辞儀のしぐさをしてそう答えてから、静かな声で優しく諭すように言った。

「リオは自分の考えで生き方を決めたらいいよ。『ママと同じ道を進みなさい』とか『こうしなさい』とは言わないわ。ただ一つだけ忘れないで、『ママはどんなときもリオの味方』……いいわね」

　理央奈は少し言い過ぎたかしらと思いながら、うっすらと紫色の靄がかかる夜空を仰いだ。遥か上を行く飛行機とおぼしきライトが点滅していた。その光跡は遠い轟音を伴ってなだらかな線を描いて消えていった。

「紙飛行機のお爺さん、死んじゃった……。死ぬときってどんな気持ちで、何を考えるんだろうなぁ……、お爺さんね、見つけたときにはとっても苦しそうな顔してたんだよ。私ね、救急車が来るまでの間、ケンと二人でお爺さんの体を一生懸命さすっていたの。そうしたら、目を開けてくれたんだ。それでね、ケンはお爺さんに『大丈夫だよ』って言ってあげたんだよ。お爺さんは何も言わなかったけど、なんだか優しい顔になった。まるで聞こえているみたいだった……『大丈夫だよ』って。話しかけてあげることって、すごく大切なんだって思ったよ。そのときにね、おばあちゃんのこと思い出しちゃった。ねぇ、ママ、おばあちゃんが死んだとき、私、おばあちゃんに何も言ってあげなかった。言ってあげればよかった……『おばあちゃん大好き』って……、私、優しくなかったって、おばあちゃんに謝りたいよ……」

「リオの気持ちはちゃんと伝わっているわよ。きっと、天国のおばあちゃんもわかってくれてると思う。リオは、本当はおばあちゃんのことが大好きだって……。だから安心しなさい」

「ねぇママ、『むぎゅ』してくれる?」

「お安い御用だわ」

葉子は理央奈の肩を優しく抱き寄せ、髪を撫でた。それから彼女は、ふっと思い出したように言った。

「あぁ、そうだ、さっき、リオが美枝子のところにいるかと思って電話したときに聞いたわよ……あの『おばあちゃんのペンダント』のこと。私の引き出しから持ち出して、見つからなくなっちゃったんですってね。消えちゃうはずはないから、きっと家のどこかにあるわよ。明日にでも一緒に探しましょう」

ところが、理央奈は体を硬くして言った。

「ダメなの……」

「探してみなくちゃわからないでしょ」

「そうじゃなくて……消えちゃったんだもん。本当に消えちゃったの、ドロボーが入った日に……」

「じゃぁ、盗まれたのかしら……でも、変よ。通帳やカード類のほうがもっと簡単な場所にあったのに、あのペンダント一つだけを選び出して盗むなんて考えられない。いったいどういうことなの？　おかしいじゃないの」

理央奈は頷いて小声で言った。

「だから、本当に消えちゃったの、手品みたいに……」

「信じられないわよ。どうして……」

葉子は絶句した。先程まで結婚に関する持論を気分良く述べていたときの自信に満ちた表情は影を潜め、混乱と困惑がありありと浮かんでいた。

「ごめんなさい、ごめんなさい……。あのペンダントのダイヤモンドがおばあちゃんの『お骨』からできてるなんて、全然知らなかったんだもん。ママ、ごめんなさい……お願い、許して！」

葉子は理央奈の謝罪を聞いていない様子だった。彼女は遠くを眺めるように、母の介護に明け暮れた日々の一コマ一コマを思い起こしていた。母の遺骨から合成したダイヤモンドが消えたという理央奈の言葉を聞いて、葉子は自責の痛みと向き合うときが来たのかもしれないと思った。

『言葉さえ失くしてしまった母さんを想う心があるならば、認知症の症状と闘う代わりに、もっともっと抱きしめてあげればよかった……。もしも叶うならば、もう一度だけ優しく言ってあげたかった……心配しないで、と……。理央奈が母さんに謝りたいと言ったのは、彼女が私の気持ちを感じているからだわ……。でも、考えてみれば、私が悔やんでいるのは、ただそれだけのこと……。自分が納得できていないから……。そうよ！　人の一生の価値は、その終わり方で左右されるものじゃないわ。母さんは偉大だった。だって、私の母さんだもの……』

やがて葉子は静かに言った。

「私がリオを許すとか許さないとかは関係ないよ……、だから、謝るのはもうやめてちょうだい。いいわね。もしかすると、これは、母さんから私へのメッセージかもしれないなぁ……」

理央奈は不思議そうに葉子の言葉を繰り返した。

「おばあちゃんからのメッセージ?」

「うん、『もういいんだよ、葉子。みんな忘れてしまいなさい……母さんは大丈夫だから、振り返らなくていいよ』ってね。そんな気がする。とにかく家の中をもう一度探してみて、それでも見つからない場合は……ゆっくり考えることにしましょう」

「考えるって、何を?」

「それもこれから考えるわよ」

葉子は既に諦めがついているような口調でそう答えた。そして、前を見据えると背筋を伸ばして、再び歩き出した。

車のところまで来たとき、理央奈は聞いてもよいものかどうか、少し躊躇してから尋ねた。

「ねえ、ママ、認知症は治るの? 天国に行った魂も認知症なのかな?」

「科学的には、凄くいい質問だわ。脳に沈着したアミロイドベータという病的な蛋白を取り除いて、タウが蓄積して失われた神経細胞を復活させる薬が出来たら、アルツハイマー型認知症の予防や完治も夢じゃなくなる。でも、そう言われ続けて二十年以上だから、とても難しいことなんでしょうね。症状の進行を遅らせる薬はあるけど、特効薬はないわ。この研究がなかなか進まないのは、発症のプロセスが全部は解明されていないためよ。私はアミロイドとタウと神経細胞消失のほかに第4の因子があると考えているの」

「第4の因子？」

「そう、それはウイルスやプリオンみたいな外来因子かもしれないし、ホルモンや神経伝達物質みたいな内在因子とか、高血圧みたいな在り来りのものかもしれないわね。とにかく、発症の引き金があるはずなのよ。何故なら、アミロイドが沈着して神経細胞が凄く減っていても、認知症を発症しないお年寄りはたくさんいるの。何か変でしょ。母さんだって、認知症がなかったら、今も元気だったにちがいない……知的で、陽気で、私の話し相手になってくれてさぁ……、母さんとお茶を飲みながらリオの将来について話すことができたら、どんなに良かったか……」

葉子は言葉を切って、溜め息をついた。そして、再び込み上げてきた感情を振り解くように、助手席のドアを開けて言った。

「それからね、あんまり科学的じゃないけど……人はどんな死に方をしようと、魂はとてもピュアで美しいものだと思うなぁ。少なくとも、そう信じたいわね。だから、母さんの魂は認知症じゃないよ……証明終わり。さあ、帰りましょう」

葉子は理央奈に車に乗るよう促して、運転席に回った。助手席に座ってシートベルトを締めようとした理央奈は、ふっと健太郎のシャツのボタンにそっくりなボタンを何処で見たのかを思い出した。

『あの日、飾りかごに放り込んだ、あのボタン……』

告白

理央奈と葉子の姿が病院の夜間出入口の外に消えたあと、健太郎は独り廊下の長椅子に座っていた。

『爺さんは本当に死んでしまったのだろうか……？　彼は何を思って死んでいったのだろう？　本当は誰かに言いたいことがあったんじゃないだろうか……』

ぼんやりと考えながら、彼はうつらうつら居眠りを始めた。頭がガクッと後方に振れて目を開けると、彼の前に爺さんが立っていた。

『あれっ、どうしてここにいるの？』

そう話しかけたくても、混乱した頭からは言葉が出てこない。ただ見つめるだけの健太郎に向かって、爺さんはゆっくりとひとつ頷いた。そして徐々に透明になり、消えていった。健太郎は、爺さんの魂が肉体を離れて今旅立ったことを肌で感じた。

帰り仕度をした父が健太郎の前に現れたのは、午後十時近くになってからだった。家に連絡してから、二人はファミリーレストランに寄った。メニューを開きながら父が言った。

「二人だけでこういう店に入るのは、ずいぶん久しぶりだな」

「うん」

実際、健太郎には父と二人でレストランに入った記憶はなかった。父はメニューに目を落として、少しぎこちなく言った。

「さーて、何にするかな……ハンバーグにするか……。ケン、お腹空いただろう？何にする？」

健太郎は「何でもいい」と言いたかったが、父が気を悪くするといけないと考えて、同じものを注文した。二人は当たり障りのない話題を選びながら、先生と生徒のような緊張感の中で食事を済ませて帰宅した。

その夜遅く、健太郎は嘔吐を繰り返した。彼の心身は、それほどに激しく消耗していたのだった。途切れ途切れの浅い眠りの中を、彼は追っ手から逃げ回り、高い尾根から突然暗黒の谷底に落ち、ジメジメした廃屋の土間から、出かけていく爺さんを呼び止めようと必死に叫んでいるのに声が出ないところで目覚めた。外は白々と明るくなっていた。健太郎は起き上がることが出来ず、叩きのめされたようにベッドに横たわっていた。

うとうとして目を開けると、父の顔が上からこちらを見ていた。時刻は午前七時、そろそろいつもの出勤時間だ。健太郎は父が何時からここにいて自分を見ていたのだろうとぼんやり考えた。

父は言った。

「だいぶ疲れているみたいだな。今日はゆっくり寝ていなさい。私は今から出かけるから、話は今夜にしよう」

健太郎は頷いた。父はそのまま行きかけて、思い出したように言った。

「岡田さんの霊前には、ちゃんと線香を上げてお別れしておくから、心配いらないよ」

「あの人どうなっちゃうの？」

「調べても、本当に親族がいないということになると、お年寄りの孤独死という扱いになる。従って、行政に任せることになるだろう。幸いなことに、岡田さんの場合は所持品の中に医療保険証と年金手帳があったので助かったよ。かなり几帳面な人だったらしいね。それと現金が四千五百円だったかな。それじゃ」

「あっ、ちょっと待って！」

父が振り返ると、健太郎は起き上がって尋ねた。

「あの人のポケットの中は、それだけだった？　ほかに何かなかった？　首飾りみたいなものとか……」

父は怪訝な顔を向けて短く答えた。

「それだけだ」

父と入れ替わりに入ってきた母が声を弾ませて言った。

「健ちゃんが着ていたシャツ、袖のボタン取れてるし、凄く汚いし、安物みたいだから捨てちゃっていいかしら？」

「だめっ！」

健太郎は即座にベッドから飛び上がるようにして大声を出した。それから、彼の反応に驚いている母に向かって、彼は改めて懇願するように言った。

「とっても大切なシャツなんだ……捨てないで、お願い」

彼の胸中には、あの日、二人で買い物をしたときに爺さんの見せた満足そうな笑顔が蘇っていた。

健太郎は昼近くまでベッドの上で過ごしたが、疲労感は続いていた。階下におりてシャワーを浴びていると、母が乾いたタオルをそっと浴室のドアノブに掛けてくれた。ダイニングに行くと、テーブルの上にはベーコンエッグ、ポテトサラダ、ロールパン、フルーツなど豪華なブランチが用意されていた。

「すげぇ、ホテルみたいだ」

「美味しいものを食べて、元気になってね」

母は冷蔵庫から牛乳のパックを取り出し、コップに注ぎながら、楽しそうにそう言った。健太郎は首に掛けたタオルの片端を少し持ち上げて言った。

「これ、ありがとう」

母は驚いた顔を彼に向けて応えた。

「あら、どういたしまして。お礼なんか言われると嬉しくなっちゃうわ。うちの人たちは、タオルは自動的に出てくるのが当たり前と思っているんだろうって諦めてたけど、健ちゃんは優しくなったね……帰ってきてくれてありがとう」

健太郎は空腹にもかかわらず食欲を失っていた。彼は、バナナを牛乳で流し込んで言った。

「ゴメンね、残しちゃって……。こんなに用意してくれてありがとう」

母は片づけの手を止めて流しから離れ、ダイニングテーブルを挟んで彼の正面の席に座った。そして、微笑を浮かべて言った。

「健ちゃん……お父さんから昨日のこと聞いたわよ、よく思い切って電話してくれたわね。お父さん、嬉しかったみたいよ。健ちゃんが電話をくれたおかげでというか、それがきっかけになって行動を起こす決心がついたんですって」

「決心？　何の？」

「それはね、病院の改革」

「何それ」

健太郎が訊くと、母は誇らしげな表情を浮かべて解説を始めた。

「それは、こういうこと……例えば重い症状の患者さんが初診で来院したときに、外来の待合室の硬い椅子で長時間待たせるのは酷だから、ベッドに横になって待てるようにしたいとか、患者さんが大変な思いをしながら各科を回るのではなくて医療スタッフの方が患者さんを回るシステムにしようとか、昨日みたいに救急患者の受け入れを断らない病院にしたいとか……患者さんの側に立った、本来当たり前であるはずの医療体制を目指して本気で動き出す決心。実はね、お父さんが仕事への思いを真剣に話すのを聞いたのは、ホントに久しぶりだった……健ちゃんが生まれた頃から、家では病院の話をしないことが普通になっていたからね」

「へー、そうなんだ」

健太郎は父がそんなことを考えていたとは全然知らなかったので、意外な感じがした。父は家庭を母に任せきりにすることを許された所謂『偉い父親』だから、家族との会話がないのだと思っていた。続きを話したそうにしている母に向かって、健太郎は言った。

「そんなことして、なんか意味あるのかな？　第一、上の人からにらまれないの？」

「そりゃ、すんなりとはいかないでしょうね。今まで、お父さんは私たち家族の安泰を優先して、組織の中の歯車のひとつとして黙々と働いてきたでしょ。二十年以上勤めていると、先輩たちは定年を迎え、自分もいつの間にか五十歳を過ぎていたっていう感じ。でもね、定年後の収入確保のために介護老人保健施設とかの名前だけみたいな嘱託医を高額で請け負うような生き方を、お父さんはしたくないんですって。私ね、感激しちゃった。それでね、これからはお父さんを自由にさせてあげようと思うの」

生き生きと語る母の表情は、家族全員の「黒子」に徹しているときとは別人のように豊かで若々しいと健太郎は感じた。母はフルーツ皿から一口大に切ったリンゴをつまみ、続けて言った。

「惰性で生きている私たちの世代が志を持ち続けることは、あなたたちの世代より難しいの。だから、敢えて変革にチャレンジするお父さんは凄いと思う……私も頑張るわよ。今から看護師の仕事に戻るのは難しいけど、医療の現状をもっと勉強して、革新的な病院のこととかネットで調べるくらいならすぐにでもできるでしょ、なんか、ワクワクしてきちゃった」

　健太郎は母につられて微笑んだ。そして、コップに残っていた牛乳を飲み干して言った。

「なんだか、よくわかんないけど……、でも、よかった」

「健ちゃんもホントに大人になったね。こんなふうに、普通に家族の会話ができるなんて夢のようだわ……嬉しくなっちゃう」

　母は益々目を輝かせて、幸せそうにそう言った。


　健太郎は、再度母に礼を言って、自室に戻った。彼には、今夜、父と話す前に片づけなければならないことがあった。ブルーダイヤモンドの件である。

『爺さんは何百万円もする品物だと言っていた。あのペンダントを捜し出して持ち主の手に返して早くすっきりしたい……とはいえ、理央奈のママに面と向かって謝罪するのはハードルが高すぎる。おまけに、爺さんが亡くなって、ペンダントが何処にあるのかさえ、わからなくなってしまった。謝っただけで許してもらえるとは思えない。空き巣の犯人が誰なのか、二人ともまだ知らないのだから。もし二人がそれを知ったら、僕は軽蔑されるだろうか……、窃盗犯として警察に通報されるだろうか……』

健太郎は自分に有利な弁解を捻り出そうと知恵を絞ったが、徒労に帰した。我が身を守るためには犯人である事実を伏せたままでいなくてはならない。品物だけ返すことが可能だろうか。唯一の逃げ道は、知らん顔ですべてを隠し通すことだ。

『あぁ、ダメだ……いつバレるか怯えながら生活するのはゴメンだ。それに、どんなに時間が経っても、自分自身がそのことを忘れることはないだろう。僕は犯罪者……？』

彼の心は揺れていた。

『とにかくペンダントを捜そう。考えるのはそれからだ』

午後になると、健太郎は着替えを済ませて階下に下りた。母はダイニングのパソコンの前に座り、真剣な表情で調べ物に没頭していた。健太郎に気づくと彼女は言った。

「早速始めてみたの。いっぱいありすぎて何処から読もうか、考えているところよ。

健ちゃん、出かけるの？」

「うん。五千円貸してくれる？」

「いいけど、何に使うの？」

「知り合いに五千円借りてるんで、返しにいきたいんだ」

母は財布から五千円札を一枚と千円札を一枚出して言った。

「封筒が必要なら、電話の下の引き出しにあるから使いなさい。それから、貸してくれた人に、この千円で何かお礼の気持ちを差し上げるのよ、いいわね」

母は窓の外のどんよりした曇り空を見上げ、付け加えるように言った。

「ついこないだ夏至を過ぎたばかりよね。今の時期は昼間が一年でいちばん長いはずなのに、今日みたいにお天気が悪いと一日中夕暮れみたいだわ。あまり遅くならないでよ」

「わかった」

健太郎は封筒に五千円札を入れて、浦和別所の家を出た。


夕方、健太郎は爺さんのアパートに向かって歩いていた。彼は理央奈と一緒にチラシを配った道ではなく一本隣の路地を通った。お年寄りのデイサービスをしている施設の前に白いワンボックスカーが止まり、帰宅する利用者たちがスタッフの手を借りて車に乗り込んでいるところだった。お年寄りの集団を避けて歩きながら、健太郎はふと施設の窓に目をやった。大きなガラスを通して、部屋の中に置かれた立派な笹竹の枝が見えた。

『そうか……もうすぐ七夕なんだ。笹の葉さーらさら、軒端に揺れる……か……』

と、彼は心の中で歌ってみた。

笹竹の枝は、今日の午後に近くの幼稚園児たちが施設を訪問して、賑々しく飾りつけをしたものだ。その際、色とりどりの短冊や切り紙細工を小枝に付ける手を止めて、一人の女の子が仲良しの子に言った。

「そうだっ！　いいこと考えた！」

女の子は昨日公園で拾った赤い実やくしゃくしゃになったオシロイバナなどの品々をポケットから出して、接着テープで笹の葉に付け始めた。見ていたもう一人もポケットからガラクタを出して目を輝かせて言った。

「これもーっ！　あっ、そうだ、これも飾ろうっと！　ほら、これは織姫だよ。ホントのお星様みたいにキラキラ……きれいだな」

「わーい、すごい！　すごーい！　先生見て、見てっ！」

放し飼い状態の園児たちを集めるのに精一杯の若い先生は、独創的に飾りつけられた笹竹の枝に目を向けないまま答えた。

「そうだね。よくできましたぁー。さあ、みんなご挨拶して帰りますよぉー」

「はーい。さようなら」


神社裏の公園に着いた健太郎は天を仰いだ。木々の枝葉が頭上に覆いかぶさるように伸びて、暗い空をさらに押し下げていた。辺りはひっそりとして、昨日ここで起こったことが遠い昔の出来事のように感じられた。

健太郎はいつも爺さんが座っていたベンチに近づいて、そっと触れてみた。ベンチの座面はざらざらで薄汚れていた。爺さんはどんな食べ物が好きで、何が趣味で、何色が好みで、どうして独りぼっちだったのだろう……二ヶ月間も生活を共にしたのに、考えてみると、彼は爺さんが旋盤工だったこと以外は何も知らなかった。爺さんは「幸せ」を感じることがあったのだろうか。健太郎は今それをとても知りたいと思った。

『言ってくれないかなぁ……、あれは全部嘘だよ、これからやり直そうって。そうだったらいいのに……』

そして、アパートの二階を見上げた健太郎は『はっ』と息を呑んだ。爺さんの部屋にぼんやりと灯りが点り、動き回る人影がガラスに映っていたのだ。

『あっ、やっぱり死んでなかったんだ！　生きていてくれたんだね！』

そんなはずはないと思いながらも、健太郎は急いで建物に向かった。

アパート階段下の雑草が倒れて地面に貼りついたようになっているところまで来て、彼は足を止めた。この場所……、ここに横たわっていた爺さんが最後に一度だけ目を開いた、あの瞬間がカメラのフラッシュのように健太郎の脳裏を何度も過った。

彼は全身に鳥肌が立つのを感じた。

そのとき、背後に人の気配がした。

「あの爺、死んじゃったんだってね」

カズの声だった。

健太郎が振り返ると、カズは薄ら笑いを浮かべて言った。

「今、アパートの大家が来て爺の部屋を片づけてるみたいだぜ。こないだはさぁ、何にもしないうちに、あの家のおばさんが戻ってきちゃうとは思わなかったよなぁ。お前、捕まらなかったみたいで、よかったじゃん。意外にすばしっこいんだな」

健太郎は無言でカズに背中を向け、階段を上ろうとした。カズはいきなり健太郎の肩を掴み、力ずくで彼を後ろへ引き倒した。健太郎は仰向けに倒されたまま、カズを睨みつけて言った。

「やめろよ！」

カズは上から健太郎を見下ろして言った。

「あれーっ？　生意気な口をきくじゃんか。俺たち仲間じゃん？　忘れたのか？　お前、いつからそんなに偉くなったんだよ。いいか、よく聞けよ。ちょっとさ、カネが足んないんだよ、だから今夜コンビニをやるから、来いよ。もし来なかったら、こないだの空き巣の犯人はお前だって、サツにタレこんでやる。それとも岩井家にお知らせして、口止め料ってやつをもらおうかなぁ……そっちのほうが美味しいかもな」

健太郎は立ち上がり、声の震えを隠すために短く答えた。

「やだよ」

するとカズは右手を握りしめた。一発が来ることを予想して身構える前に、カズの拳は健太郎のみぞおちに食い込んだ。そのパンチは健太郎の呼吸を数秒間止めるほどの威力だった。急激な圧迫により肺の空気が全部押し出されてしまったようだ。彼はうめき声を上げて体を折り曲げ、崩れるように階段の手摺りに寄りかかった。カズは凄みをつけて念を押すように言った。

「今夜九時、競馬場近くのコンビニだ。あそこは産業道路から離れた住宅地で、八時過ぎには人も車もめったに通らない。十時過ぎるとパトロールが回ってくるから、九時が狙い目だ。絶対うまくいく」

カズは一度言葉を切って、念を押すように付け加えた。

「もし来なかったら、どうなるかわかってんだろうな……忘れるなよ、俺たちは共犯者なんだ」

健太郎は返事をしなかった。カズはフンと鼻を鳴らして立ち去った。


健太郎は体の状態を確かめるように大きく息を吸い込んで、ゆっくり吐き出してみた。大丈夫、呼吸はできそうだ。彼は手摺りにつかまりながら階段を上がり、爺さんの部屋をノックした。中で人が動く気配がして、ドアが開いた。そこには腰の曲がった老人が杖を突いて立っていた。健太郎は公園の反対側でこの老人を何度か見かけたことがあった。

「岡田さんと一緒にいた方ですね。あたしはここのオーナーで、草間と申します」

大家はヨボヨボとした身のこなしとは不釣り合いに、言葉は滑らかで礼儀正しかった。

「岩井健太郎です。四月からここでお世話になっていました」

健太郎が挨拶を返すと、大家は頷いて彼を部屋の中へ招き入れた。部屋は蒸し暑く、空気が重く淀んでいた。大家は腰のタオルをベルトから引き抜いて首筋に流れる汗を拭いた。そして窓を開けながら言った。

「建て替えを考えてまして、岡田さんには何度か立退きをお願いしていたのですが……、こうなってみると、なんだか寂しくてね。あたしよりも若かったのに、先に逝ってしまうとは……」

大家はしみじみと部屋を見回してから、こたつの上に置いてあるスーパーの袋を指し示して続けた。

「岩井さんでしたかな、ちょうどよかった、これ、あなたの荷物なら、今日持っていってください。それと、見たところ岡田さんの荷物はこのカバン一つだけですが、あたしと一緒に中身を確認してもらえませんかな」

「はい」

健太郎は爺さんの古いカバンを受け取った。それは小旅行などによく使われるナイロン製の肩に掛けられるタイプのもので、テレビの横にずっと置きっぱなしになっていた、あのカバンだった。

『ブルーダイヤモンドを保管するなら、この中しかありえない』

健太郎は心の中でそう考えていた。

まず、外側のポケットを確かめると、駅前で配っているローン会社のポケットティッシュが三個入っていた。次にメインのファスナーを開ける健太郎の手が一瞬止まった。中身のいちばん上に、あの日買った二枚組みタオルの一枚が丁寧にたたんだ状態で置かれているのが目に入ったからだった。健太郎と二人で買物をしたことが、爺さんにとっては大切な思い出だったに違いない。健太郎は目頭が熱くなるのを感じた。「泣くな」と自分に言い聞かせながら、彼はカバンの中身を順番に並べ始めた。数枚の下着、地味な色のポロシャツとズボン、はき古しの靴下があった。そして、底の部分からは年金が振り込まれる信用金庫の通帳が出てきた。カバン内側のポケットには印鑑と片目にはめる作業用のレンズが入っていた。ペンダントの痕跡は何処にもなかった。

大家が静かな声で言った。

「これが岡田さんの遺品のすべてですね。いやはや驚きました。手紙や写真の一枚すらない……、天涯孤独ということでしょうか。まるで自分の死を予期していたかのようですなぁ。いやぁ、あたしにはとても真似できることじゃないです」

「これ、貰ってもいいですか？」

健太郎はレンズを手にとって尋ねた。爺さんはブルーダイヤモンドを見るときに、慣れた様子でこのレンズを使っていた。

「どうぞ、形見として持っていてあげてください。きっと岡田さんも喜ぶでしょう。それは何かのレンズですか？」

「そうらしいです」

健太郎は、目には見えない爺さんの人生観のようなものを強く感じていた。いつ死んでもいいように、誰にも迷惑をかけないように、爺さんは自分と過去を結ぶすべての絆をとうの昔に清算していたのだ……このレンズを除いて。

大家は中身を戻したカバンを手に、立ち上がって言った。

「さて、あたしはそろそろ帰りますが、岩井さんはどうされますか？」

「もし構わなければ、もう少し、ここにいさせてください」

「いいですとも。ゆっくりお別れしてください。鍵は外の新聞受け箱に入れておいてくだされば結構です」

大家はカタカタと杖を突く音を響かせて階段を下りていった。


健太郎は爺さんの部屋を隅々まで時間をかけて調べたが、やはりペンダントは見つからなかった。こたつの上のスーパーの袋も念のため確かめたが、自分が脱いだトレーナーと下着ともう一枚のタオルが入っているだけだった。

時刻は午後七時を過ぎていた。健太郎はそばに転がっていた携帯電話の充電用アダプターを袋に入れた。それから、彼は爺さんがいつも座っていた辺りをぼんやりと眺めた。爺さんは死んでしまったのに、部屋の中は生きていたときのまま何も変わっていない。昨日の朝、爺さんはいつものようにそこに座っていたと思うと、改めて不思議な感じだった。

健太郎は心の中で呟いた。

『あのブルーダイヤモンド、何処にしまってくれたの？　見つからなかったよ……。迷宮入りっていうことかなぁ……』

健太郎は、ダイヤモンドのことを忘れて、早く普通の生活に戻りたいと思った。しかし、肝心のペンダントが見つからない限り、彼はこの問題をずっと引きずり続けなければならない……ということも自覚していた。これは、自分が人の道を外れかかったことへの戒めかもしれないと彼は考え始めていた。

『そろそろ時間切れだ』

彼はポケットから封筒を出した。中には先ほど母から貰った五千円札が入っていた。ペンダントも同封して返すつもりで開けておいた封のシールを剥がして丁寧に糊付けした。

そのとき、携帯電話が鳴った。母からだった。

「健ちゃん、何時ごろ帰るの？　お父さんは十時頃だって言ってたから、その前に帰ってきてほしいんだけど……」

「これから寄るところがあるんだ。でも、十時までには帰るよ」

「夕食まだなんでしょ？　気をつけてね」

「わかった……お母さん、あのさ……」

「なぁに」

「いろいろありがとう、大好きだよ」

「どうしたの？　改まっちゃって。戻ってきたばかりなのに、なんだかお別れの挨拶みたい」

「別に……何となく言ってみたかっただけだよ」

「私も健ちゃんのこと大好きよ。そう言えば、いつの間にか大人の使う言葉じゃないと思ってたわ。でも、こうして『大好き！』って口に出して言ってみると、気持ちが明るくなるね。ふふっ、なんだか照れちゃうわ……、とにかく、早く帰ってきてよ、今夜は美味しいもの用意しておくからね」

「うん」

健太郎は窓を閉め、スーパーの袋を持って立ち上がった。電灯のスイッチに伸ばした手を止めて、彼は何か思案するように目を閉じた。

『もう、この場所に戻ってくることはないだろう……』

だからこそ、爺さんに伝えられなかった感謝の気持ちを、彼は別れの言葉に表したいと思ったのだ。しかし、どうしても洒落た表現が思い浮かばなかった。そこで、彼は最もシンプルな挨拶を声に出して呟いた。

「さよなら……、それから……ありがとう、ありがとうございました」

彼は電灯を消し、誰もいない真っ暗な空間に向かって深々と一礼して部屋を出た。

健太郎が爺さんのアパートを出たとき、辺りはひっそりと静まり返っていた。線路沿いの道を競馬場に向かって歩きながら、健太郎は片づけなければならないことを、一つずつ頭に刻みつけようとしていた。

『まずいちばんに、五千円だけでも理央奈の家に返しにいこう。気づかれないように郵便受けに入れておけばよいのだから簡単だ……心配することはないさ。彼女と彼女のママにすべてを話すかどうかは、もう少し頭の中を整理してからあとで考えよう』
　健太郎は、今夜、カズに決別を宣言するつもりだ。そうすることが、自分なりの清算になると彼は考えていた。そして、泥棒の片棒を担がされたことを父に打ち明ければ、気持ちが楽になるはずだ。でも、父が受け入れてくれなかったらどうしよう……、以前のように冷たく突き放されたら……、そう思うと彼の決心は揺らいだ。『やっぱり逃げようか』という考えが浮かんだとき、彼は爺さんが話してくれたことを思い出した。家族でなくても親身になってくれた爺さんが健太郎に教えようとしたのは、素直に父を信じて助けを頼むことだったのではないか……、きっと、これが爺さんの遺言なのだろうと健太郎には思えた。しかし、ブルーダイヤモンドのペンダントが消えたことまで父に話すかどうかは、どうしても結論が出ないままだった。彼には父の反応が予測できないのだ。そして、そのことが最も気懸かりな点だった。

　カズが言っていたように、この辺りは暗くなると人通りがなくなる。夜道の寂しさに急かされるように、健太郎は早足で歩いた。理央奈の家の前に立った彼は、ポケットから封筒を出した。そのとき、後方の曲がり角から自転車のライトが現れてこちらへ向かってきた。彼は慌てて封筒を持った手を下ろし、素知らぬふりをして自転車をやり過ごそうとした。

ところが、彼の予想に反して自転車は家の前で止まった。

「ケン？　どうしたの？」

理央奈の声だった。健太郎は平静を装って言った。

「あぁ、ちょこっとね。昨日のお礼と思って……。そっちこそ、こんなに帰りが遅いんだ？」

彼女は自転車を降りて答えた。

「英語のレッスンがある日はこの時間よ」

「ふぅん、そうなんだ。じゃ」

「えっ、もう行っちゃうの？」

理央奈の声には戸惑いが表れていた。彼女の視線は彼の手の白い封筒に注がれているように思われた。気づかれたかもしれないと感じた健太郎はさりげなく見せようと努力して封筒を体の後ろに隠し、ぎこちない様子で言った。

「うん。競馬場近くのコンビニで待ち合わせしてるんで……、じゃあ、また」

健太郎は理央奈に背中を向けようとした。そのとき、いつもとは違う緊張した声で、彼女が健太郎を呼び止めた。

「ちょっと待って！」

彼が振り向くと、理央奈はレッスンバッグから小銭入れを取り出して、何かを探すように中を覗き込んで言った。

「見せたいものがあるの……。あった！　ほら、これ……」

彼女はコインよりも小さな何かをつまみ出し、手のひらに載せて差し出した。

健太郎は無言のまま、彼女の手のひらの「何か」を見つめていた。頭の中に練り上げてきた行動計画が、一瞬のうちに真っ白になった。彼は万事休すだと思った。何故なら、彼女が持っていたものは、彼のシャツの袖口から落ちたボタンだったのだ。

「そっ、それって、何処で見つけたの？」

「私の部屋、ベランダの近く」

「いつから知っていたの？　僕だってこと……」

健太郎は自分から告白する前にバレてしまったことを酷く恥ずかしく感じた。知られてしまったからには、軽蔑され罵られることを覚悟しなければならないと思った。

ところが意外なことに、理央奈は取り繕うように答えた。

「知ってて隠していたわけじゃないよ……昨日の夜、ママと帰る途中でピンときたの。このボタンがケンのシャツのと似ているなって……。だから、ケンのこと騙したわけじゃないよ。ごめんね、お願い、信じて」

　健太郎は彼女の予想外の反応に戸惑いながらも内心安堵した。そして、彼女に隠すように下げていた封筒を改めて差し出して言った。

「オーケー、ここに、五千円入ってる。あの日、ダイニングテーブルから五千円借りたから、リオのママに返しにきたんだ。渡しといてくれる？　返せばいいってもんじゃないのは知ってる。だけど、あのときはカズに脅されていて、仕方がなかったんだ……。でも、言い訳はしないよ、僕がやったのは事実だから……」

　健太郎は書店で万引きを目撃した発端から、空き巣に至る経緯を語った。理央奈はボタンを握ったまま、黙って話に耳を傾けていた。健太郎は続けた。

「今日、カズは僕があのアパートに戻ってくるのを見張っていたんだと思う。あいつは突然現れて、コンビニを襲う手伝いをしろって、今度も脅しをかけてきた。でも、もう言いなりにはならないよ。これから行って、はっきり断ってやるんだ」

　理央奈は眉間にしわを寄せて言った。

「それなら、行かないで放っておけばいいじゃない。わざわざ言いにいかなくても、結果は同じでしょ」

彼女の言うとおりだと健太郎は思った。しかし、面と向かって宣言できるかどうかが重要なのだ。それはカズに対する決別のみならず、甘えと隙だらけでクラゲのような自分との決別を意味していた。彼は封筒を理央奈の手に渡し、ボタンを受け取って言った。

「これから先ずーっと、カズの気配にびくびくしていなきゃならないのは嫌なんだよ。だから、今夜、行かなきゃならないんだ……上手く言えるかどうかわかんないけどね。また、ぶん殴られるかもしれないし……」

「えっ、殴られたの？」

心配そうに尋ねる彼女の顔がポーチ灯の柔らかな光に照らされていた。健太郎は「可愛い」と感じたが、場違いの感情を彼女に読まれないように急いで答えた。

「たいしたことないよ」

理央奈は彼が痛めつけられた事実を知って、喉の奥を軽く圧迫されたような気分になった。それは、大好きな小説の中のヒーローが満身創痍で苦闘している場面をむさぼるように読んだときと同じ感覚だった。

健太郎が行こうとしたので、彼女は我に返って慌てて言った。

「あっ、あの、もしかしてバラの蕾の形をしたペンダントを知らない？　ダイヤモンドが一つ付いているんだけどね。私の部屋にあった飾りかごに入っていた……、とっても大事なものだったの。あのダイヤモンドはね、おばあちゃんの『お骨』からつくってもらった合成ダイヤモンドなんだって」

「えっ、今なんて言った？」

健太郎が驚いて理央奈に向き直ると、彼女は美枝子から聞いたペンダントの特別な背景を語った。

「叔母ちゃんから話を聞くまで、私、そんな大事なものだなんて知らなくて……、すごく綺麗で素敵だから、ママに内緒でちょっと借りてたの。それが……、あの日から消えてなくなっちゃった」

健太郎は動揺を隠すために、視線を合わせないように注意しながら理央奈の話を聞いていた。あのとき、爺さんが天然のブルーダイヤモンドにしては何処か変だと言っていた、その謎が解けた思いだった。

理央奈が話し終わっても、健太郎はうつむいたままだった。彼は迷っていた。そのことは全然知らないと答えるべきか、真実を話すべきか……、どちらを選んでもペンダントが消えてしまった事実は変わらない。彼が黙っていれば、今は彼女に嫌われずに済む。しかし、知っていることを言わないのは結果として嘘をついたのと同じことだ。健太郎のことを全く疑っていない彼女を騙すのは容易いだけに、後味の悪いことをしてはいけないと思った。これまで彼にとって正論だった自己中心的な判断基準は、既にあてはまらなくなっていた。そして、何よりも彼女の心を守ってやりたかったのだ。彼は悩んだ末に、すべてを告白する決心をした。

健太郎は、あの日、空き巣に入ったものの理央奈の母が戻ってきたため、逃げ出そうとして誤って飾りかごを蹴飛ばし、ペンダントを偶発的に持ち出すことになってしまった経緯とそれを爺さんに預けていたことを正直に語った。そして今日、爺さんの持ち物の中からペンダントを見つけることができなかったと打ち明けた。話を聞いているうちに、理央奈の顔がどんどん曇っていくのを見て、健太郎は話したことを後悔して言った。

「ごめんね、取り返しのつかないことになっちゃって。わざと盗んだわけじゃないってわかってくれる？　あの宝石がブルーダイヤモンドだったたっていうだけでも驚きなのに、それがリオのおばあちゃんの『お骨』だったなんて……そんなこと、全然想像できなかった……本当だよ」

理央奈はゆっくり頷いて、静かな声で言った。

「偶然だったんだね。信じるよ……話してくれてありがとう。それで昨日、ママがね、私にこう言ったの……ペンダントが消えたのは、おばあちゃんからのメッセージかもしれないって……」

「メッセージ？」

「うん。ママは認知症のおばあちゃんの介護を何年も続けていたでしょ、あの頃は家の中がおばあちゃんのせいでいつもめちゃくちゃだった。ママは心も体も、すごく疲れて……死んじゃいたいと思ったこともあったんだって。でも、おばあちゃんが肺炎で死んでから、ママはもっと苦しんでるみたいなの……。確かに、言うことを聞かないおばあちゃんをママが無理やり抑えるときは、喧嘩してるみたいに凄かった。自分がしたことは介護じゃなくて虐待じゃないかって悩んでるのかなぁ。叔母ちゃんは、ね、そういうのは『介護トラウマ』だって言ってた。ママはおばあちゃんのダイヤモンドを見る度に、いろいろ思い出して、きっとつらくてたまらなくなったんだと思う。だから、引き出しの奥につっこんじゃったらしい……」

　理央奈は大きく息を吸い込んでから、続けて言った。

「だから、もう自分を許して解放してあげなさいって、おばあちゃんからママへのメッセージ。そう考えると、あれは本当に消えちゃったのかも……。ママはそう思って、ペンダントのことも忘れようとしているみたい」

「そうか……、でも、どうしたらいいんだろう」

　そう言ったきり、健太郎は言葉に詰まってしまった。すると、理央奈が何か閃いたように目を輝かせて言った。

「そうよ！　これは天国のおばあちゃんからのメッセージなの！　ケンは偶然それを手伝う役になった。きっと神様に選ばれた助っ人なんだよ」

健太郎は首を横に振って言った。

「それはハリーポッターみたいなファンタジー小説の世界の話だよ。これは現実だ」

しかし、彼女は譲らなかった。

「そんなことないよ、よく考えて……このことをケンと私の秘密にしておいても、これ以上誰も傷つかないでしょ。ケンがうちのママに全部打ち明けたとしても、ママはもっと悲しくなるだけだし、おばあちゃんのダイヤモンドが戻るわけじゃないもの」


健太郎は理央奈に押し切られる形で、自信なげに頷いた。理央奈は今までに経験したことのない「ときめき」を感じていた。生まれて初めて、親には言えない秘密を男の子と共有していると考えただけで胸がドキドキして、大人になった気分だった。彼女は一歩踏み出し、顔を上げて誇らしげに言った。

「だから、二人だけの秘密にしようよ」

　そのとき、彼女の上腕の皮膚が健太郎の肘の辺りに軽く触れ、シャンプーのいい香りが鼻をくすぐった。すると突然、彼の体の芯に激しい情動の渦が起こった。彼は無言のまま彼女を抱き寄せ、力ずくで体を密着させようとした。

「やめてっ！」

　彼が何をしようとしているのかはわからなくても、本能が警報を発し、理央奈は小声で叱責しながら、両手で力いっぱい彼の胸を突いた。嫌悪感むき出しの抵抗に遭った健太郎は冷水を浴びせられた小動物のように一歩退いて言った。

「ゴメン……」

　理央奈は彼に背を向けると急いで玄関ドアを開け、そのまま振り向かずに中に入った。健太郎はボソボソと口の中で謝罪の言葉を呟き、歩き去った。

　理央奈は玄関ドアの内側に寄りかかり、動悸が静まるのを待ちながら今起こったことを思い返していた。

『ケンは私にキスしようとしたのかしら……、キスするって、夢のようで、うっとりするような甘い雰囲気で、素敵な感じだと思っていたのに、さっきのケンはなんだか人が違ったみたいに怖かった……ママが言ってたように、男の子ってスイッチが入っちゃうとホントに肉体だけになっちゃうのかなぁ……。想像していたのとイメージが違いすぎるよ。全然ロマンチックじゃなくて、なんだか、すごくいやらしい感じがしちゃう……。でも、ケンは謝ってた……私、悪いことしちゃったかしら……、ケンは、ちょっと可哀想……』

彼女はそっと玄関ドアを半分ほど開けて、外の様子を窺った。家の前に健太郎の姿はなかった。何か後ろめたいような、中途半端な気分のまま立っていると、キッチンから葉子の声が聞こえてきた。

「お帰りー」

理央奈は手に握っていたしわくちゃの封筒に目を落とした。すると、彼女の頭に現実の問題が戻ってきた。そう、健太郎は今夜これからカズに会うと言っていたのだ。

『ケンは、また殴られるかもしれないと言っていた。きっと、相手は本物のワルなのだろう。今度はもっと酷い目に遭わされる……、もしかしたら、殺されてしまうかもしれない。だとしたら、大変だ！　あぁ、さっきケンを止めればよかったのに……、どうしよう……間に合うかしら……』

彼女はキッチンに向かって大声で言った。

「ただいまー、ママ、これからちょっとコンビニまで行ってくるよ」

「えーっ、もう九時近いからやめたらどう？」

「大丈夫、自転車ならすぐだから。どうしてもアイスが食べたくなっちゃったんだ」

「気をつけなさいよ、行くならついでに牛乳買ってきて」

「オーケー」

自転車に乗って走り出した彼女は考えた。

『競馬場近くのコンビニは二軒ある。先ず産業道路から離れた店のほうに行ってみよう。自転車なら、ケンが店に着く前に追いつけるかもしれない。さっき、彼は謝ったのに私はドアを閉めてしまった。彼は凄く惨めな気持ちになったにちがいない。早くケンをつかまえて、ごめんなさいって謝りたい。彼は聞いてくれるだろうか？　落ち着いて考えてみれば……、もう泥棒には関わらないで、危険なことは絶対しないでと言うべきだったたと思う……、あぁ、そんな大事なこと、どうして言えなかったんだろう』

　コンビニの灯りが見えてきた。比較的古いタイプのコンビニで、店は小さく、出入口の扉は客が自分で押し開ける手動式だ。四台分ほどの小さな駐車場に車はなかった。店内に客はいないようだ。店の横手の少し暗い場所に二人の人影が見えた。やはり、このコンビニが当たりらしい。彼女は自転車を降りて様子を窺った。一人は健太郎だ。もう一人がカズにちがいない。カズはハンチング帽のようなものを目深にかぶっていた。顔を隠すためだろう。二人が既に一緒にいるので、彼女は身を潜めたまま見ているしかなかった。

　健太郎はカズに決別を宣言すると言っていたが、そんなことができるのだろうか。離れたところにいる彼女の目にも、カズは彼よりもはるかにたくましく見えた。次に起こることの予測がつかない、まず何をするべきかわからない……彼女は頭の中で不安の風船が徐々に膨らんでいく圧力を感じていた。

　理央奈は、無事に終わりますようにと祈るような気持ちで二人を見つめていた。彼らは何か話をしているようだった。すると次の瞬間、カズが健太郎の胸ぐらを掴んで壁に背中を押し当てた。理央奈は小さな声を上げたが、健太郎の手からスーパーの袋が落ちる音と同時だったために、気づかれずにすんだ。

カズは二言三言発して健太郎を突き動かすように自分の前に立たせた。二人はゆっくり歩いて店の入り口に向かった。

『ダメよっ！　ケン、一緒に行っちゃダメ、お店に入っちゃダメだよ！』

理央奈は心の中で叫んだ。

健太郎はカズに促されて店の扉を開けた。そのとき、カズの右手に握られているものがギラッと反射したのを彼女は見逃さなかった。

『ナイフ、ナイフだ！　大変！　どうしよう……』

理央奈はとうとうパニックに陥った。

『警察、警察を呼ばなくちゃ……でも、そうしたら、ケンも捕まっちゃう。あぁ、どうしたらいいの……とにかく、やっぱり警察！　間違ってないよね、そうだよね……、どうすればいいんだろう……電話、電話だ！　えーっ、電話どこ？』

店の出入口から少し離れたところに公衆電話が設置されていた。彼女がそこに立てば店内から丸見えだ。電話をかける前に見つかってしまうだろう。彼女は冷静とは言いがたい精神状態だったが、不思議なことに、知恵を働かせる余力はあった。彼女は腰をかがめて姿を見られないように、店に近づいたのだ。

そっと店内を覗くと、健太郎とカズがレジの前に立ち、カウンターの内側にいるアルバイト風の若い男の店員に話しかけているように見えた。一見、ごく普通の客と店員のやり取りだった。しかし理央奈の位置からは、カズが体の後ろに隠し持っているナイフを確認することができた。彼女はそっと公衆電話に手を伸ばし、緊急ダイヤルのボタンを押してしゃがんだ。受話器を握りしめている手の震えが止まらなかった。少し頭を上げて恐る恐る店内に目を向けると、三人は先ほどと同じ位置に立っていた。ふと気づくと電話の向こうで声がしていた。

「…………、もしもし、どうしましたか？　事件ですか？　事故ですか？　もしもし……」

「あぁ……あのぅ、刃物を持った男がコンビニに……」

「もしもし、あなたは安全な場所にいますか？　刃物を持った男はコンビニの中ですか？　一人ですか？」

一瞬、彼女は答えることを躊躇した。健太郎も強盗だと思われてしまうかもしれないと不安になったのだ。

「えっ、あ、私は大丈夫です。刃物を持った人は一人だと思います」

「あなたの現在地を言えますか？　場所を教えてください。差し支えなければ通報者の名前も……」

突然、質問を遮るように理央奈が切迫した声を上げた。

「あっ！　だめっ！　危ないっ……」

それは、唐突に店内で起こった動きに驚いた彼女の悲鳴だった。ガ
カズが背中に回していた手のナイフを素早く構えて店員の胸に突きつけたのだ。
ガラス越しに見ていた理央奈の頭の中で風船が一気に破裂した。彼女は受話器を手から落とし、身を隠すことも忘れて店の入り口に向かった。健太郎との出会いがなかったら、彼女が自分から危険に飛び込むようなことは決してなかっただろう。そして、彼女はそれに気づかないくらい無我夢中になっていた。

「もしもし、もしもし、どうしました？　もしもし！　答えてください……そのまま電話を切らないで！　こちらから探知しますから……」

だらりと垂れ下がって揺れている受話器から、相手の緊張した声が漏れていた。

理央奈の家の前で彼女に抱擁を拒絶され、玄関ドアをぴしゃりと閉じられた健太郎は、カズに指定された場所に向かいながら頭の中を整理しようとしていた。彼女の体に触れて、いったいどうしたかったのか、自分でもよくわからなかったからだった。一陣の風のように湧き起こった欲望は、歩くうちに僅かな苦味を残して速やかに消えていった。


健太郎がコンビニ前の駐車場に着いたとき、カズは店内から放たれる煌々とした明かりを避けるように壁に寄りかかって煙草をふかしていた。先に口を開いたのは健太郎のほうだった。

「もうこれ以上巻き込まれたくないんだ。ほっといてくれ。親には全部話すつもりだから、脅しても無駄だよ。今夜はそれだけ言いにきた」

カズは火の点いた煙草を投げ捨てて言った。

「あれーっ、そんなこと言っちゃっていいのかよ。今までのヤマは全部お前が主犯だって匿名でタレこんでやる……それでもいいんだ?」

「いいさ、勝手にしろよ」

カズの右手が滑らかに動いてポケットから何か取り出したことに気づかなかった健

太郎は、そう言い捨てて行こうとした。

「そうはいかないんだよ！　このバカヤロー」

いきなりカズの左肘が健太郎の首にくい込んできた。健太郎は不意を衝かれ、後頭部を店の外壁に強く打ちつけた。初めてカズに出会ったときと同じように、健太郎は壁に背中を貼りつけられた状態になった。あのときと一点だけ違うのは、カズの右手にナイフが握られていることだった。カズはそのナイフをゆっくりと健太郎の鼻の頭すれすれの位置に持ち上げて見せた。健太郎の手からスーパーの袋が落ちた。

カズは憎しみを込めて、くいしばった歯の間から凄みをきかせて言った。

「そうはいかないって言ったろぅが！」

健太郎は身動きのとれないまま、震える声で言った。

「そっちは勝手に強盗でも何でもすればいいじゃないか……どうして巻き込もうとするんだよ、何故だか、理由を言ってよ」

カズは瞬間的に不思議そうな顔つきになった。表情に今までに見せたことのない寂しげな翳りが差した。その眼差しは『俺だって……こんなこと……好きでやってんじゃねえよ』と、言いたげでもあったが、すぐに元のカズに戻って言った。

「お前みたいな『お坊ちゃま』のことが憎たらしくて……気に入らないんだよ！　その偉そうな『優等生』面が嫌なんだ。大嫌いなんだよ、お前みたいな奴が……。許してほしければ、さっさと一緒に来いよ」

二人は店の入り口に向かって歩き出した。まさか刃物が出てくるとは考えていなかった健太郎は酷く動揺していた。一方、カズはわざと親しげに健太郎の肩に手をかけて、二人が友だちに見えるように振る舞っていた。健太郎は背中にナイフの切っ先を感じながらコンビニの扉を押し開けた。

「いらっしゃいませー」

店員の声に体を硬くした健太郎にカズが後ろから囁いた。

「ガムかなんか買えよ」

健太郎はキシリトール入りのガムを選んでレジに向かった。店員は愛想笑いを浮かべて言った。

「今年も競馬場の花火は中止だそうですよ。花火があればこの店は特等席なんですけどね。おととしの花火の日には店の前に焼き鳥とか出して、大賑わいだったんですよ」

「あぁ、そうね……、競馬場は打ち上げ花火をやるには狭いって聞いたことがあるよ」

健太郎は調子を合わせて言いながら、視線で店員に危険を知らせようと、カズの手元を見るしぐさを大げさに繰り返した。しかし、店員は異状に気づくことなく健太郎が差し出した千円札を受け取った。それは、健太郎の母がお礼のためにと言って持たせてくれた千円札だった。

店員がレジを打ち、現金の引き出しが開くと同時に、カズの右手がすばやく動いた。そして次の瞬間、店員の胸に触れるほどの位置に刃渡り二十センチほどのナイフが現れた。店員は驚いて半歩さがって縮みあがった。

カズが言った。

「それ以上動くな！　余計なことをしたら刺すからな」

店員は声が出ないくらい怯えた様子で、口をパクパクさせた。

カズは店員を威嚇する視線を逸らさないまま、健太郎に命じた。

「レジのカネを取ってこいよ！」

ところが、健太郎は動かなかった。彼は心に期するものがあるように、きっぱりと言った。

「やだっ！　強盗の手伝いなんてゴメンだね。もう、アンタなんかの言いなりにはならないよ。諦めたらどうなんだ」

カズは健太郎の意外な返事に少し動揺したように見えた。彼は店員と健太郎の両方に交互にナイフを向け始めた。

「畜生！　偉そうなこと言いやがって……、このバカヤロー、覚えてろよ、あとで思い知らせてやる」

カズは健太郎にそう言うと、今度は店員に向かって言った。

「お前だよ、お兄さん。お前がやれ！　袋に入れてよ、カネ！　早く！」


カズがカウンター越しに店員を脅しているとき、健太郎は店の入り口に体を向けて立っていたので、ガラス扉の外側をカズの肩越しに見ることができた。そこに突然、理央奈が現れた。健太郎は、彼女の姿が視野に飛び込んでくるとは全く考えていなかった。『まさか』の展開に彼は驚愕した。理央奈が今まさにハンドルに手をかけて扉を開けようとしているのだ。

健太郎は叫んだ。

「来ちゃだめた！」

出入口に背を向けて立っていたカズが健太郎に噛みつくように言った。

「そんな手に引っかかるかよ、このバカ！」

それから、カズは店員に向かって言った。

「早くしろよ！　この『のろま』！」

そのとき、本当に扉が開く音がした。

そこには理央奈が立っていた。外の公衆電話で警察に通報している最中だった彼女は、カズがナイフを店員に向けたのを見て、迷うことなく店の入り口に走り、力いっぱい扉を開けたのだった。その音に驚いて、ビクッと微かに首を竦めたカズは彼女のほうを見やった。カズの体が少し開く形になって注意がそれた瞬間、店員がカウンターに置いてあった店内専用のトレーを掴んだ。店員はそのトレーを煽り上げるようにして思い切り振り払った。トレーはカズの右手にジャストミートし、ナイフは落ちて、理央奈の足元に転がった。

『あっ！』と思った全員が写真の中の人物のように停止した。全員の目がナイフを追い、全員の脳が『急げ！』と指令を出した。その中で、最も好位置にいた理央奈の瞬発力が秀でていた。彼女はカズの手が届く直前に、ナイフを店内の商品棚方向に蹴飛ばしたのだ。ナイフは得点コースから外れたピンボールのように通路の奥まで勢いよく滑り、アイスクリーム陳列用の冷凍庫下の隙間にはまり込んだ。

カズは激昂し、恐ろしい剣幕で理央奈を突き飛ばした。彼女はひとたまりもなく通路の床に倒され、肩と頭を強打した。痛みとショックで起き上がれない理央奈の腹にとどめの蹴りを入れようとして、カズは一歩踏み込んだ。

その時、健太郎が異様な唸り声を上げげた。それはもはや「声」ではなく、喉から発せられた「音」だった。理央奈がなぎ倒されるのを見た彼の胸に、今までに体験したことのない猛烈な憎しみが湧き起こっていた。暴力によって呼び覚まされた心のマグマは、鬱々と暮らしてきた日々のやりどころのない憤りのすべてをエネルギーに変えた。その怒りは健太郎の中に潜在していた攻撃的な意識に火を点けたのだった。

『カズのような人間なんぞ死んでも構わない！　こんな屑のような奴は殺されても構わないんだ！　殺してしまえ！』

抑えられない激しい憎悪が、夏空の入道雲のように急激に膨らんでいた。

健太郎はありったけの力を込めてカズの脇腹の辺りに体当たりした。

カズは不意を突かれてバランスを失い、雑誌の棚にもたれかかった。のけぞった弾みで、かぶっていたハンチング帽が後ろに飛んだ。健太郎はカズの体に覆いかぶさるようにして、彼の顔を拳骨で一発殴った。喧嘩とは無縁に育ってきた健太郎のパンチはたいした当たりではなかったが、カズの顔面中央を捉えた。鼻血が出て、カズの顔色が変わった。

「なんだよっ！　てめぇ！　このヤロー！　ぶっ殺してやる！」

カズが吠えた。彼は反撃の態勢になろうとして体をひねった。しかし、カズが健太郎に掴みかかる前に、健太郎の全体重がカズの胸にのしかかった。健太郎はぎらつく目線でカズを見下ろし、両手でカズのシャツの襟元を掴んだ。

「死ね！　死ね、死ね……、お前なんか死ねっ！」

健太郎はカズの首を激しく絞め上げ、低く吐き出すように何度も繰り返し言った。その言葉には、ありったけの憎しみが込められていた。

カズの顔に初めて恐怖の表情が浮かんだ。このままでは負けてしまうかもしれないと考えたカズは、健太郎に気づかれないように右脚を曲げ、右手でカーゴパンツの脚ポケットを探り始めた。そして、何かを取り出した。


理央奈は放心状態だった。彼女は目の前で起こっている健太郎とカズの取っ組み合いを信じられない思いで呆然と眺めていた。今のうちに安全を確保しようと考えた店員が、理央奈を助け起こして店の外に避難させようとした。

突然、優勢だった健太郎が驚いたようにカズの体からさっと両手を放した。カズの右手に別のナイフが現れたことに気づいたからだ。カズは最初から刃物を二本用意していたのだった。先ほどのものよりは小振りだが、果物ナイフとは明らかに違うつくりで、伸ばしたときの刃渡りは十センチ以上だ。

カズは形勢の逆転を楽しむように薄笑いを浮かべた。彼はナイフの峰ではなく、よく切れそうな刃を上に向けて握っていた。相手に致命傷を負わせる握り方だ。カズは急に真顔になり、血走った目で健太郎を見据えて言った。

「ゲームオーバー！」

そして、間髪入れずにナイフを突き上げた。


「やめてーっ！」

理央奈が叫び声を発した。健太郎は切っ先をかわそうとして飛び退いた。しかし、避けきれなかった。

ナイフは健太郎の左上腕内側に深く刺さった。鋭い刃が皮膚、皮下組織、筋肉を瞬間的に裂いた。やけどのようにピリッとしたように思ったが、痛みは感じなかった。

カズがナイフをねじるように素早く引き抜くと同時に鮮血が噴出し、健太郎のシャツを染め、カズの顔に真っ赤な飛沫模様を作った。

『どうしたんだ？　刺されちゃった？　死ぬのかな……』

健太郎は問いかけるような戸惑いの表情を見せて、その場に崩れこんだ。

健太郎が倒れるのと同時に、店の扉が勢いよく開き、数人の警官がなだれ込んできた。カズはナイフを握ったままの状態で警官たちに取り押さえられた。返り血を浴びたカズのどす黒い顔に白目だけがぎょろぎょろと光っていた。その形相はホラー映画から抜け出してきたようにグロテスクだった。警官に引きずられながら、カズは倒れている健太郎を顎で指し示して繰り返し大声で言った。

「あいつだ！　あいつが仕組んだんだ。あいつが犯人だ！」

警官の一人が彼を押さえる手に力を入れて怒鳴り返すように言った。

「何をほざいているんだ！　強盗だけじゃないだろが！　お前は我々の目の前で人を刺した、傷害の現行犯なんだよ」

カズは咬みつくように言い返した。

「冗談じゃない！　あれは正当防衛に決まってるじゃないか。先にあいつが飛びかかってきたから、こっちは身を守っただけだよ……正当防衛だ！　畜生、このヤロー！　放せよ……放せ……、正当防衛！」

カズの狂気に満ちた声は次第に先細っていった。自分の置かれている状況に気づいたのだ。彼は力が抜けてしまったように腕を下ろし、抵抗するのをやめた。大人しく引き連れられて行くカズは、酷く狼狽えていることを隠すように無表情を装っていた。そして、パトカーの後部座席に乗せられたときには、心細さに惑う寂しげな顔になっていた。

健太郎の左上腕から流れ出た血液が、床の上に血溜まりを作り始めていた。それはまるで赤いアメーバのように、音もなく滑らかに拡大しつつあった。理央奈は彼の右腕にしがみついて言った。

「ケン、しっかりして！　終わったよ。もう大丈夫だからね。ケンは立派だったよ。しっかり……」

健太郎は頷いて右手で理央奈の手を握り返した。彼女はポケットから「たまごっち」柄のタオルハンカチを出してそっと傷口に当てた。出血が止まらず、彼女のお気に入りだったハンカチは見る見る赤く染まった。

腕の血管が傷ついているらしい。腋窩から上腕の内側を走る太い血管があることを、理央奈は母から教わったことがあった。それは祖母が転倒して脚に大怪我をしたときだった。

『あのとき……大腿や上腕の内側には大事な太い血管があって、それが切れると、出血多量で死んじゃうことがあるってママは言っていた。ケンも死んじゃうのかしら？　ダメ！　死んじゃダメだよ！　私が助けなくちゃ……』

理央奈は必死になって母の言葉を思い出そうとした。母は止血方法も教えてくれたはずなのに……彼女は真剣に聞いていなかったことを後悔した。

『そうだ！　傷そのものを押さえるよりも、もう少し心臓に近い部分を強く圧迫して血の流れを止めれば、出血を止められるかもしれない』

理央奈は自分が着ているパンツのコットンベルトを外して、躊躇なく血溜まりにひざまずいた。水色のカプリパンツの裾にべっとりと血が付いた。

「ケン、私が助けてあげる」

理央奈がベルトを健太郎の左上腕に巻きつけようとしているとき、別の警官と刑事たちが店に入ってきた。刑事の一人が健太郎と理央奈に向かって言った。

「今、救急車が来るからね」

刑事は理央奈の顔を覗き込んで驚いた様子で言った。

「あれっ、たしか……リオちゃんだったよね？」

空き巣の件で家に来た渋谷刑事の声だった。店員に事情を聞き始めていた斉藤刑事も話を止めて、ずんぐりした体をこちらへ向けた。

理央奈は頷いたが、手を動かしながら顔を上げずに言った。

「血が止まらなくて……このベルトで腕を縛って血を止めようとしているの……」

「オーケー、手を貸すよ。君のを使っていいの？」

「うん」

渋谷がベルトをぎゅっと締めると、健太郎は少し顔をしかめたが目は閉じたままだった。

「痛い？」

理央奈が尋ねると、健太郎は囁くようなかすれ声で答えた。

「痛くないよ……なんだか少し寒い……」

救急車のサイレンの音が近づいていた。


救急隊員が店内にストレッチャーを運んできたとき、健太郎は眠っているようだった。隊員は健太郎の脈拍と血圧、呼吸状態を確認して、彼の体をストレッチャーに横たえた。一人の隊員が言った。

「かなり出血していますが、バイタルサインは安定しています。出血性ショックに陥らなくて済みそうなのは刑事さんの応急処置のおかげですかね」

渋谷が言った。

「我々じゃないよ、このお嬢さんが自分のベルトを外して駆血帯を作ってくれたんだ」

隊員は驚いた表情で言った。

「ほう、こいつはたまげたね。頼もしいナイチンゲールですな」

斉藤が理央奈に言葉をかけた。

「店の外の公衆電話から通報したのは君だね。今、店員さんから事件の経緯は聞いたんだが、君はこの少年とは知り合いらしいね。彼の名前と住所を教えてくれないかな。そうすれば救急隊から彼のご両親に知らせられるからね」

「はい……名前は岩井健太郎、十六歳。住所は知らないけど、お父さんは県立総合病院のお医者さんです」

それから、彼女は懇願するような目を刑事に向けて続けた。

「ケンは、あのカズという人に脅されて一緒にいただけなんです。ケンは私を助けてくれたの……、ケンを信じてあげてください」

斉藤は頷いて答えた。

「心配要らないよ。店員さんも彼は強盗をやめさせようとしたと言っている。詳しくは言えないが、実は店員さんからも緊急コード通報があってね、パトカーのサイレンは聞こえなかっただろう？　カズを捕まえるために、我々はそーっと来たんだ。突入前に、外で警官の配置を確認する僅か数秒の間に、健太郎君がカズにタックルした。ほんのちょっとの差だったんだが、結果的には怪我をさせてしまって彼には気の毒だった。カズは今度また実刑になったら少年院じゃなくて刑務所送りになることを本人も知っているから、なりふりかまわず言い逃れに必死なんだ。とにかく、我々も健太郎君がカズの仲間とは思っていないから安心しなさい」

理央奈が顔を向けると、店員もにっこりして親指を立てて見せた。ストレッチャーが運び出されるとき、理央奈はもう一度健太郎の手を握った。これで暫くは会えなくなるだろう。映画やドラマの別れのシーンに描かれるような、何か心の支えになる言葉をかけるべきときだと彼女は感じた。しかし、頭の中は目の前で起こった一連の出来事で飽和状態となっていたために、何も浮かんでこなかった。とうとう一言も発することができないまま、彼女は健太郎の横顔を見つめて、ただ頷くばかりだった。

健太郎を乗せた救急車を見送って、渋谷が理央奈に言った。

「リオちゃんの冷静沈着さには脱帽だよ。でも、こんな夜に一人で探偵ごっこは感心しないな。リオちゃんの話は改めてゆっくり聞かせてもらうからね。お母さんが心配しているだろう……さあ、送るから一緒に帰ろう」

理央奈はよろよろと数歩歩いて、店内を見まわした。ちょうど鑑識が到着して、黄色いテープが張られ、係員が検証を開始したところだった。彼女は健太郎が倒れていた床と固まり始めた血溜まりをぼんやりと眺めた。

今頃になって本物のショックがじわじわと身に沁みてきた。理央奈の顔は仮面をかぶったように強張った。一呼吸おいてから、彼女はゆっくり目を落として、カプリパンツの裾についた血糊を見た。さらに赤黒く染まった自分の両手をじっと見て、目を閉じた。それでもなお、瞼の裏にくっきりと染みついた鮮血を消し去ることはできなかった。

見た目には冷静沈着だったが、理央奈の精神はパニックの真っ只中にあった。すべてのエネルギーを使い果たし、彼女は体の力が急激に抜けていくのを感じた。足の感覚が消えて、ふわふわと雲の上を移動している気分だった。電球が切れるようにプツンと意識が飛んで刑事に抱きかかえられた瞬間も、頭の何処かでは自力で歩いているつもりだった。

追想

眠りから覚めた理央奈の目に最初に映ったのは、自室の見慣れた天井だった。彼女は何度か瞬きをしたあと、再び天井を見上げ、視点の定まらない目でクロスの模様を呆然と眺めていた。一匹の小さな蜘蛛が模様の上を一直線に横切って、大急ぎで窓のほうに向かって進んでいた。蜘蛛はカーテンレールの手前でジャンプし、レースのカーテンに無事着地したあと、何処かに姿を消した。

理央奈の脳はまだストライキ中のようだ。何も浮かんでこない……。

『えーと、どうしたんだっけ』

彼女は寝返りを打ってみた。空はどんよりとした灰色だが、夜は明けているらしい。部屋のドアは開いていて、階下から洗濯機の唸りが聞こえてくる。室内は湿度が高く、蒸し暑い感じがした。

『たしか……昨日も暑かった……、あっ！』

理央奈は突然勢いよく起き上がり、両手のひらを確かめるように広げてみた。何処にも血らしきものは付いていなかった。彼女はいつものパジャマを着ていることに気づいた。

『どうなってるの？』


トントンとリズムよく階段を上がってくる足音がして、開いているドアのところに葉子が現れた。

「起きた？　もう十時よ。今日が土曜日で助かったわよね」

「ねえ、ママ、このへんに血とか付いてなかった？」

理央奈が不安そうに尋ねると、葉子は笑いながら言った。

「あら、正気に戻ったみたいね、よかった。昨夜帰ってきてからのこと、やっぱり覚えてないんだ？　リオが刑事さんに連れられて帰ってきたとき、私だってびっくり仰天しちゃって気絶しそうだったわよ。ホントに酷い姿でね、リオはサスペンスドラマの死体役みたいだったんだから……」

どうやら昨夜の出来事は夢ではなかったようだ。

葉子の話は続いていた。

「リオはね、汚れた服を脱いでちゃんとお風呂に入ってから寝たんだけど、まるで別人のようにボーッとしていて、幽霊みたいだったわよ。こっちの言っていることは聞こえているらしいのに、一言も口をきかないんだもの、ちょっと心配しちゃったわよ。精神的に強いショックを受けるとそうなることがあるそうだけどね……。ところで今、二回目の洗濯中なんだけどさ、あのカプリパンツは染みが残ると思うよ。そうしたらひざ上のところで切っちゃって、ショートパンツにしてあげるね」

　部屋を出て行こうとした葉子に、理央奈が後ろから声をかけた。

「ママ」

「えっ」

「ママのこと大好きだよ」

　葉子は微笑を返して言った。

「さっき刑事さんから電話があったわよ。えーと健太郎だっけ……その健太郎君はちゃんと手当てを受けて……、リハビリが必要かもしれないから、回復には暫く時間がかかりそうだけど、とにかく無事だから安心するように伝えてほしいって……あなたたち、昨夜は大活躍だったらしいわね。あまり驚かせないでほしいものだわ、寿命が五分くらい縮んじゃったわよ」

「ねえママ」

「なぁに？」

「『むぎゅ』してくれる？」

「お安い御用だわ」

葉子はベッドのそばまで戻って隣に座ると、いつものように理央奈の肩を優しく抱いた。母のゴツゴツした手を感じながら、理央奈が呟いた。

「ちっちゃい頃はよく『むぎゅ』してくれたのに、この頃ママは私が頼んだときしか『むぎゅ』してくれないよね……、自分からはめったに『むぎゅ』してくれないでしょ。ママは私のことホントに好きなのかなって、時々心配になるよ……。ねえ、私のこと嫌いじゃないよね」

葉子は体を離すと真顔になって言った。

「母親の愛は無償よ。好きとか嫌いとかの感情以前のもの、つまり人の性（さが）というか本能みたいなものね」

葉子は眉間にうっすらとしわを寄せて、考え込むような表情で語りだした。

「私、三十代後半まで仕事中心の生活だったでしょ。パパとは夫婦というよりは対等なパートナーの関係でいることが私の理想だった。その頃は子どもを持つなんて考えたこともなかったわ。だって出産は女の負担、男はどんなに頑張っても妊娠できないものね。ところが、ある日ふっと思った……私も中年、そろそろ仕事にけりをつけて両親の老後に備えるときだって。それから一方では、私の我侭を許して、ずーっと待ってくれていたパパのいる福岡で生活してみたいとも思った。同時に、私は今まで何のために研究の仕事を頑張ってきたんだろうって……、私の生きた証は二流の科学雑誌に載った論文だけかしらって、迷い始めたわけ」

葉子は理央奈の肩をポンと叩いて続けた。

「私の人生って何だったんだろう？　悩んだ末にたどり着いた結論が……子育て……親として子どもの成長する道程を見守ることは、新しい人生が構築されていく過程を誕生から観察することでしょ。こんな面白いプロジェクトはほかにないわよ。それに、私が見失ってしまった『生きることの価値』を、子どもやその子どもは意外に簡単に見つけるかもしれない。私は自分の遺伝子を未来に託してみることにしたというわけ」

葉子は一旦言葉を切ると、顔をしかめて言った。

「決心したのはいいけど……、私の思惑どおりにはいかなかった。何故かというと……、流産しちゃったのよ。打ちのめされたわ。パパは私の体を心配して、子どもを望むのはやめたほうがいいって言いだした。それで私も、もう子どもはできないと諦めようと思った。そのとき、リオが私の中に育ち始めたことがわかったの。あぁ、あのときはホントに嬉しかったよ。でも、年齢的にはぎりぎりのところだった。消費期限の切れかかった卵子の、最後の一個がリオかもしれないよ……『残り物には福がある』ってね、ふふっ。こうして、キャリアに生きてきた私が四十歳を過ぎてから出産に挑むのは、いろいろな意味でとてもリスクの高いことだった。それでも私はリオを守るために頑張った。そして、今、リオはこんな素敵な女の子になった。リオを抱きしめるとね、今でもその想いが込み上げて、どうしても泣いちゃうのよ……『よく無事に生まれてきてくれた』ってね」

不思議そうな表情で聞いている理央奈に、葉子は照れたように微笑みかけた。

「遅れて生まれてきたリオに、できることは何でもしてあげたい。でもね、前にも言ったように、将来、私の愛情がリオの自由を奪うことはわかっているの。私自身が年老いた親から離れられなくなったように……」

葉子は自分が発した言葉を確かめるように大きく頷いた。そして、理央奈の肩に手をかけて言った。

「当たり前のことだけど、子どもは親の一部ではなくて、親とは別の人格なのよ。だから、子育てする親の視線は『天網』であるべきだと、私は思っているんだけどね。それは何処までも理想であって、リオを抱いていると、『自分の思いどおりに育てることが我が子の幸せ』っていう母親のエゴに流されそうで怖くなる。だから……、私は少し遠くからリオのことを見ていたいの。わかった？」

「よくわかんないよ、『天網』？」

「『天網恢々疎にして漏らさず』天の網はとても粗くて簡単に通れちゃいそうに見え

るけど、正しくないことは絶対に通さないって意味……そのうちわかるよ」

それから何日か過ぎた頃、葉子は和室に置いたままになっていた母の遺品の整理を、やっと本気で始めることにした。とはいえ、何段にも積まれたダンボール箱に手を付けるのは、相当な気合を必要としていた。そこで、まずは押し入れの中を整理することにした。未使用のまま置かれた大量のリハビリパンツ、パッド、紙オムツなどは、近所のデイサービス施設に寄付すれば無駄にならなくて済むし、きっと喜ばれるはずだ。

それらを袋に入れているとき、葉子はふと手を止めて言った。

「そう言えば、七月になったんだね。もうすぐ母さんの祥月命日か……」

「祥月って何？」

「亡くなった月のこと、だから七月、つまり今月」

「ふうん、そうなんだ」

葉子は紙オムツのパックを手にとって、袋のしわを丁寧に伸ばしながら言った。

「あの頃は、一日に何枚でも使うことになっちゃってたから、あっと言う間に一パック使い切っちゃうでしょ、予測できないのよね。足りるかしらって、いつも心配していたものよ。ズボンの数は足りる？　靴下は？　パジャマは一晩に何枚使うかしら……。そう、いろんな心配が次々に連鎖しちゃってね、片時も頭から離れなかったなぁ。でも、こうなってみると皮肉なものね、ほら、こんなにたくさん残っちゃった……」

葉子の心に漣が立っている、その微かな揺らぎを理央奈は感じた。

『ママはおばあちゃんのことを考えると、やっぱり苦しい気持ちになっちゃうんだ……。楽しいこともあったんだろうけど、思い出すのは大変だったことばかりみたいだ。ママの介護トラウマはどうすれば治るんだろう……』

理央奈は明るい声になるように気を遣いながら言った。

「私がママを支えてあげる。だから大丈夫だよ。もう悲しがらないで」

児童劇の台詞を模したようにぎこちない理央奈の励ましだったが、葉子は静かな笑みを浮かべて答えた。

「そうだね……」

　七月最初の土曜日、葉子と理央奈は介護用の紙オムツ類の入った袋を両手に提げて家を出た。何となくすっきりしない曇り空の下を、二人は神社近くのデイサービス施設に向かってゆっくり歩き出した。

　神社境内にある背の高い銀杏の木立ちが見えてきたとき、チラシ配りを手伝ったひとときの楽しい会話が理央奈の胸に蘇った。彼女は健太郎の横顔を思い出すと、喉元が僅かに圧迫されて呼吸が少し苦しいような感覚に襲われた。誰かのことを考えて、こんな気持ちになるのは健太郎と出会う前には経験したことがなかった。

　彼女は思った。

『これって胸がキュンとするってことかな？』

　すると、理央奈の心を見透かすように葉子が口を開いた。

「そう言えば、あの子のお見舞いに行ってあげないの？」

　白昼夢を邪魔された理央奈は少し戸惑って答えた。

「べつに……」

「あれっ、そうなの？　でも好きなんでしょ、えーと、健太郎君だっけ？　べつに変な意味じゃなくて、彼のこと好きなんでしょ」

「そんなんじゃないもん！」

「あら、そう。そうならべつにいいんだけどさ……、あの子のこと、好きなのかしらと思ったから……」

葉子にからかわれて、理央奈は黙りこんだ。彼女の頭の中では、あのペンダントを偶発的に持ち出すことになってしまった健太郎の告白が宙に浮いたまま、落ち着き場所を求めて行きつ戻りつしていた。

『これは、ケンと私の秘密……行方不明になってしまったペンダントのことは、ママには内緒にしておくことに決めたのだから……、絶対に秘密だもん』

彼女は並んで歩く葉子の表情を確かめるようにそっと見て、心の中でそう誓った。

『これ以上悲しそうなママを見たくない。それから、ケンのためにも私は秘密を守らなくちゃならない……それで誰かに迷惑をかけるわけではないし、大切な人のためならば、いけないことじゃないはずだもの……。あのペンダントのブルーダイヤモンドがおばあちゃんの骨だなんて、ケンは知らなかったのだから』

昨日、理央奈は初めての秘密を親友の絵里佳と愛子に話していた。そのことを、本当は誰かに話したくて仕方がなかったから……、それに、たとえ親には言えないことでも友人になら話せるものなのだ。絵里佳と愛子は誰にも言わないと約束してくれた。実際、彼女たちは『お骨』からダイヤモンドを合成する話やペンダントの行方がどうなったのかということよりも、単純に健太郎という少年に興味を抱いているようだった。彼のことを「リオの彼氏」と表現することで、勝手にアイドル的な虚像を創りあげ、理央奈本人も含めて、大人びた気分の会話を楽しんだ。

健太郎は順調に回復しているらしい。元気になったら挨拶にくるかもしれないし、来ないかもしれない。命がけで助けようとしたにもかかわらず、理央奈は是が非でも彼に会いたいとは思わなかった。実のところ、健太郎が彼女の前に再び登場するかどうかはどうでもよいことだった。それは、彼女が人に淡白だとか移り気だからというわけではなく、彼女自身「ときめく」ことが、最も重要だったからである。鏡の中の自分に微笑みかけ、架空の恋人と「くちづけ」をするように、理央奈は「恋」に恋していたのだった。それは、大人の女へと成長する流れに浮かぶ「うたかた」のような感情なのだ。ときめきを追い求めて現れては消える恋心を綴る物語に、彼女は密かに憧れる年頃になっていた。

ペンダントが消えた経緯を葉子には話すまいと改めて心に決めたものの、理央奈は健太郎が犯人であることを知った上でそれを隠すことを、やや後ろめたく思っていた。その重圧を感じながら、彼女は歩くスピードを少し落とし、さりげなく聞こえるように心がけて言った。

「ねえ、ママのこと大好きだよ。ママの仕事が、私の塾の費用のためなら、私は一人でもしっかり勉強するから大丈夫だよ。私、頑張るから、ママも仕事なんか辞めちゃいなよ。ママがいつもうちにいてくれたら嬉しいなぁ……。私、掃除とか料理とか、お手伝いしてあげるよ。そうすれば、ママと私はもっといろいろなことを、ちゃんと楽しくおしゃべりしたりできるでしょ」

葉子は黙ったまま数歩進んでから答えた。

「リオは優しいね。心配してくれてありがとう。でも、私たちは何でも結構よく話すと思うけど、違うかしら？　特別な秘密とかもないでしょう？」

理央奈は「秘密」という言葉にドキッとして、思わず「えっ」と声を上げそうになった。母親というものはこれほど勘が鋭いものなのだろうかと、彼女は脅威に近いものを感じた。かえって余計なことを言ってしまったかもしれないと、理央奈は少し心配になった。

幸いなことに、葉子は理央奈の動揺に気づいた様子もなく話を続けた。

「私はね、今の仕事に誇りを持っているの。教える仕事が好きだからこそ続けていきたいと思ってる。福岡でリオが生まれて、間もなく仕事に復帰しようと考えていた矢先に浦和の父さんが倒れちゃったでしょ。あのとき、私は自分の生活よりも親の介護を最優先にするのが当然だと思った。でもね、母さんの認知症が進んでしまってからは、家族の面倒を毎日看続けることだけで精一杯だった……気持ちが硬直しちゃってね、先のことは何も考えられなくなっていた。自分が仕事を諦めざるを得なかったのは、親の在宅介護を選んだからだと決めつけていた。それは事実ではあったけれど、私がそう強く思い込んで頑張れば頑張るほど、介護される側の母さんに不幸を押しつけていたのかもしれない。『ほら、母さんの介護のために私は仕事を辞めた不憫な娘よ』ってね。あのときの私と同じ思いで親の介護をしている人がたくさんいるだろうと思うの。みんなに言ってあげたいな……在宅介護イコール家族介護とは限らないんだよって。子どもを犠牲にして長生きしても親はつらいだけ。子どもが幸福であることにこそ親は幸せを感じるものなのよ。考えてみれば当たり前のことなのに、私、独りで突っ張っちゃって必死になって介護してるときは、それが見えなくなっていた。それでね、リオは心配してくれているけど、私が非常勤講師をしているのは、生活費のためじゃないし、先端レベルの研究に戻りたいわけでもないの。第一、この業界では十年も離れていたら浦島太郎もいいとこだわ。今、私は教育に手ごたえを感じているの。生物学のテキストだけじゃなく、私が現役の研究者時代に経験してきたことや、母親の介護に埋没したことを聞かせてあげたい。説得力のある文章が書けない若い学生たちに、コミュニケーションの大切さを伝えるチャンスがこの仕事にはあるのよ。だから、これも一種の子育てだね……」

葉子は理央奈の顔を覗きこんで、付け加えるように言った。

「もちろん、世界でいちばん、リオが好きよ。自慢の娘だもの。リオには偏差値が高い子になるより、人として賢くて思いやりのある子でいてほしい……、リオをそんな大人に育てることが、私のファイナルプロジェクトっていうところね」

理央奈は黙ったまま頷いた。いつの日か自分は葉子と討論できるようになるだろうか……だいぶ先のことになりそうだと彼女は思った。理央奈から見た葉子は、女として、また母親としての自信に満ちている。その一方で、母、葉子が認知症の祖母のために人生の何分の一かを犠牲にし、さらに心に傷を負っていることが、理央奈には理解し難い別々の人格のように思えて仕方がなかった。

理央奈は手に持っている紙オムツの袋を見て考えた。

『おばあちゃん、本当はどんな人だったんだろう?』

彼女の思い出の中にはボロ雑巾のような祖母しか居なかった。彼女は元気だった頃の祖母に会ってみたいと思った。和室のダンボール箱に詰め込まれた数々の洋服は、祖母が明るく華やかな装いを好む人だったことを物語っている。叔母、美枝子の話では外国映画に詳しくて、とても魅力的な女性だったらしい。若々しく美しい祖母を想像しようとしても、なかなか思い浮かべることができない。祖母の写真すら殆ど見た記憶がないことを、何故今まで不思議に思わなかったのだろう。その一方で、理央奈の胸には祖母を介護する葉子の労働する姿が鮮明に蘇るばかりだった。

そのとき、ふと素朴な疑問が口をついて出た。

「おばあちゃん、幸せだったかな……？」

葉子は驚いたように足を止めた。そして、天を仰ぎ見るようなしぐさをして言った。

「どうかしらね……私も知りたいと思ってる……とても……」

「年をとると幸せはだんだん減っていくのかな……ねぇ、何歳くらいから先は不幸になるのかな。その前に死んじゃったほうがましってことだよね」

葉子はどう答えたものか困ってしまった。親として即座に否定するべきであることは明らかだった。しかし、理央奈がそう考えるように育てたのは自分である。葉子は言った。

「一つだけ言えることがあるわ。おばあちゃんはリオのことを心から愛してたよ。

たった一人の孫だもんね。誰かを愛することは人を幸せにするよ」

「でもさ、おばあちゃんはママのことも私のこともわかんなくなっちゃったでしょ。それでもおばあちゃんは私たちのことを愛していたと思う？　愛していれば不幸じゃなかったと思う？」

そう反論した理央奈は、自分でも気づかないうちに心の奥底に眠る幸福の正体に迫っていた。


理央奈の投げかけた問題があまりにも純粋で深いため、葉子は体裁良く話をまとめることを諦めた。そして、自分自身の幸せはいったいどこに「ある」、あるいは、「あった」のだろうと改めて思った。

そのときだった。葉子の頭の中で何かの断片がカチッと音をたててはまり、止まっていた歯車が回り始めた。いつの間にか視野が拡がったように感じられ、彼女は素直な気持ちになって呟いた。

「私、一生懸命やり過ぎた……、母さんがあまりにも哀れで、愛せなくなっていたのかもしれない……。母さんのことをすべて背負い込むことが自分の務めだと思ってた。そんなことばかりを考えて、母さんから愛されてきたことを忘れていたような気がするよ。幸せかどうかなんてどうでもいいことだった。だから、誰も幸せじゃなかったってことかしら……」

　葉子は道の前方を見据えて続けた。

「母さんの命がだんだん消えていくのをわかっていながら、ただ終わるのを待っているしかなかった。それはね、逃げ出したくなるほどつらいことだった。だから、あのとき、私は感情を捨てることにしたの。これが『看取る』っていう仕事なんだって、肝に銘じたわけね。そう……私は母さんと生きてきたことを考えないように努力した。でもね、わざと冷淡にしてるみたいで、自分でも嫌だったの、矛盾してるよね……。母さんの呼吸が不規則になって、そろそろお別れが近いなと思ったとき、私は『母さん、大好きだよ』って抱きしめて、鼻の頭をくっつけてスリスリしたの。そうしたらね、言葉も忘れちゃった母さんが、くすぐったがって笑ったのよ……ほんの一時だけ、まるで昔に戻ったようだった。元気だった頃のように、とても自然に笑ってくれた……。それから二日後の夜明け前、ろうそくの炎が消えるようだった……。あとで気づいたんだけど、それは東京湾の干潮の時刻とぴったり一致していたの。母さんは引き潮に招かれて逝ったんだなぁって……」

　言葉が途切れたので、理央奈は心配になって顔を向けた。しかし、葉子は泣いてはいなかった。それどころか、彼女は何か思い当たったように歩を緩めた。それから、清々しい表情になって言った。

「そうか！　そうだったんだ！　私、母さんのことをもっと抱きしめてあげればよかったと悔やみ続けているのは……本当は私が母さんに抱きしめてほしかったからなんだわ。私の肩を抱いて、『葉子、よく頑張ったね』って言ってほしかったんだって……、今わかった。あーぁ、こんなに真剣に母さんのことを話したのは初めてよ。なんだか体が軽くなったみたいな気がする。リオのおかげだね。リオが私に『むぎゅ』してって願うのと同じ気持ちを、私も母さんに抱いていたんだね……、今までそんなふうに考えたことなかったわ……、納得です。それにしても、大学生に教えている私が、小学生の娘にカウンセリングをしてもらってるようじゃ、だめじゃん、喝！　だよね」

葉子は可笑しそうに笑った。翳りのない葉子の笑顔を久しぶりに見て、理央奈は嬉しい気持ちが溢れ出るのを感じた。

葉子と理央奈は神社近くのデイサービス施設の玄関に入った。二分ほど待つと、奥からスタッフらしき中年の男性がポロシャツにエプロン姿で現れた。穏やかな物腰と少しぽっちゃりした体形にエプロンがよく似合っていた。理央奈はこの男を見て、スノーマンの挿し絵を思い出した。

「この『ピープルズ　プレイス』の事務長をしております。佐々木と申します」

「先ほどお電話した星川です。これを使っていただけるようなら、差し上げたいと思いまして、持ってまいりました」

「やぁ、こんなにたくさんいただけるんですか、ありがとうございます。ホントに助かります。消耗品はいくらあっても多すぎることはありませんから、ありがたく頂戴いたします。お嬢さんもお手伝いありがとう」

理央奈は葉子が置いた荷物の隣に、同じように荷物を置いてお辞儀をした。顔を上げたとき、玄関の壁に飾られたクレイアートのボードが理央奈の目に留まった。新聞一ページ分の大きさの板に落ち着いた色合いの粘土を貼りつけて描かれた野鳥が数羽配され、中央には粘土で作った文字が躍るように『ピープルズ　プレイス』と並んでいた。理央奈は思わず手を伸ばして、粘土の素朴な凸凹に触れた。その様子を見ながら、葉子が佐々木に向かって尋ねた。

「あまりお年寄りの施設らしくないネーミングですね。キリスト教とか……宗教的なものですか？」

佐々木は笑って答えた。

「いいえ、宗教は関係ありません。私、どちらかというと宗教は苦手なほうでしてね」

「あぁ、よかった。私もです」

「いかにもそれらしい、『花』とか『そよ風』とか『陽だまり』を連想させる優しい名前は、あっちでもこっちでも使われていて、みんな似てるでしょ。でも、考えてみるとお年寄りや体の不自由な人の集まる場所だからって、保育園のコピーみたいな名前にすることはないなって思ったんですよ、私、もともと少しへそ曲がりなものですから……。私たちの人生の先輩や一生懸命に生きている、ごく普通の人々が集まる場所、つまり『ピープルズ　プレイス』です」

佐々木の話には不思議な魅力があった。葉子は模索するような表情になって言った。

「あのぅ、それは認知症の場合も同じですか？」

「もちろんですとも、ここはサロンです。粘土をこねている人もいれば、歌を歌っている人がいる。絵を描いている人がいれば、何もしないでうたた寝している人もいる。認知症かどうかで線を引くことは、できるだけしないようにしています。皆さん同じように、人間ですからね。それから、今考えているのは、個人個人が勝手気ままに好きなときにできるリハビリみたいなもの、そういうのを近いうちにデイサービスに取り入れたいと思っているところです。お年寄りの皆さんを幼稚園児のように並ばせてお遊戯させるみたいなの、私が嫌いなもんですからね」

佐々木の飾り気のない答えを聞いて、葉子は両肩を押さえられていた力がふわっと飛び去ったように軽くなるのを感じた。救いの手をついに見つけ出した思いがした。

彼女は顔を輝かせ、心に湧き上がる何かをそのまま言葉にして言った。

「あぁ、もっと早い時期に……、母が生きているうちに佐々木さんにお目にかかっていたら、どんなによかったかしら……。佐々木さんのように優しい気持ちでゆったりと看てくださる方にめぐり会えていれば、きっと母を安心させてあげられたでしょう……。もしそれができていたら、母を亡くしてから、私がこれほど後悔することはなかったかもしれませんね」

二人の会話を聞きながら、理央奈はそこに並べられているほかの「芸術作品」に見入っていた。どれも技術的にはいまひとつであったが、そっと触れてみたくなるような愛らしさに満ちていた。理央奈の様子に気づいた佐々木が言った。

「お嬢さんはうちの皆さんの作品が気に入ってくれたようですね。それはここに集まる皆さんと近くの幼稚園児たちが一緒に作ったんですよ。子どもは素晴らしいです。生きる力を与えてくれますよ……ちょっと騒々しいですがね」

佐々木はクスッと笑うと、続けて言った。

「そちらの部屋に、先日、その幼稚園の子どもたちが飾りつけてくれた七夕の笹竹がありますよ。よかったら見ていってください」

「もしかして、桃の木幼稚園ですか?」

「ええ、そうですよ」

「へー、私も桃の木幼稚園でした」

理央奈は嬉しそうにそう言うと、葉子と佐々木をその場に残して、隣の大部屋に入っていった。六人掛けのテーブルと椅子のセットが三ヵ所ほど設置され、何人かのお年寄りが思い思いの席に転々と座り、三人ほどはなんとなく歩き回っていた。数人の若いスタッフが一人ひとりに時々話しかけていた。

大きなガラス窓の近くに、立派な笹竹の枝が置かれていた。


隣の大部屋に入って行く理央奈の後ろ姿を見送りながら、佐々木が小さな声で言った。

「実は私のおふくろも認知症でした……かれこれ十五年以上も前の話ですがね。認知症が痴呆症と呼ばれていた時代です。当時、アルツハイマー型老人性痴呆症に関する一般向けの情報は少なくてね、それが病気であるという認識すら、殆どの人が持っていませんでした。そして私も、何も知らない人間の一人でした」

　葉子は促されるように佐々木の顔を見た。彼は頷いて続けた。

「親父は六十代で他界しまして、年老いたおふくろと私たち夫婦と娘一人の四人暮らしでした。あの頃、私は市役所勤めで、おふくろの面倒は嫁が看るのが当たり前だと思っていました。ところが、認知症の症状が出始めて、おふくろが信じられないような嫁さんの悪口をご近所にふれまわるようになりました。うちの嫁さんが困っているのはわかっていましたが、私は見て見ぬふりをしていました。『俺は外で働いているんだから勘弁してくれよ！　おふくろの面倒ぐらいちゃんと看てくれよ！』ってね。同じ頃、嫁さんの母親が倒れまして、彼女は大学生の娘を連れて実家に……。それまで、自分では良い父親のつもりでいたんですがね、娘はさっさと母親についていってしまいました。お恥ずかしい話ですが、それ以来、こちらへは帰ってきません。母親と娘の繋がりっていうのは特別なんでしょうかね、いつの間にか、私の居場所はなくなってましたよ、物理的にも精神的にも……。男なんて寂しいものですなぁ」

　佐々木は溜め息をついて、さりげなく周囲に目を配ってから、さらに声を絞って言った。

「そして、私は勤めを続けながら、一人で家事をこなし、おふくろの介護をすることになったわけです。症状が進んで徘徊するようになってからは、おふくろが外に出られないようにして出勤しました。夜帰宅すると、家中小便臭く、畳の上には大便、当のおふくろは真冬なのに素っ裸で水風呂に入っちゃってたりしてね……仕事を終えて家に帰るのが恐ろしかったですよ。地獄の日々でした。私はどうしたらよいかわからず、動物を扱うようにおふくろを扱いました。おふくろにとっても地獄だったでしょうね。今思えば、ホントに……、取り返しのつかない……可哀想なことをしました。介護の経験のある人ならご理解いただけると思いますが、私はおふくろが嫌いだったわけではありません。おふくろのためにと思っているのに、それがおふくろに全然伝わらない苛立ちが幾重にも重なってくると、残念ながら腹も立つんですよね……」

言葉を詰まらせた佐々木の目がうっすらと潤んでいた。

葉子は目を閉じた。むずかる幼児のように言うことを聞かない母に腹を立てて、思わず邪険に扱った日々がまざまざと蘇った。理解ができなくなった不安から、ただひたすら抵抗していた母が哀れだった。話の先を聞いたところで、もっと心苦しくなるだけだとは思ったが、彼女は敢えて尋ねた。

「それで、お母様は？」

「死にました。胃癌が全身に拡がって……自覚症状があっただろうに、本当は苦しいって言いたかっただろうにと思うと、もう、たまらない気持ちになりますね……とうとう意思の疎通ができなくなったまま逝きましたから。おふくろがどう感じていたのか、今でも知りたいですよ。そんなこんなで、ここを始めたというわけです」

　葉子は同感の思いを込めて何度も頷いた。そして、自分の言葉を確かめるように、ゆっくりとした口調で言った。

「あのぅ、またこちらに伺ってもいいでしょうか？　今度は私もエプロンを持ってきますから……、何かお手伝いをさせてください、もちろんボランティアで……。できなかった母への恩返しと、それから償いとでも申しましょうか……、そうすれば、気持ちが楽になりそうな気がします」

　佐々木は微笑んで言った。

「いつでも歓迎です。実際、いろいろと大変でね、助かります。これまた、お恥ずかしい話ですがね、市役所に勤めている頃は行政の人間としてしっかり仕事してきたつもりでした。しかし、この施設を始めてみてよくわかりましたよ。行政は円滑に仕事を進めるために、長年かかって縦割り体制を完成させました。その結果、今では市民生活とはかけ離れた方向を向いて行政組織自体を守るために存在している……なんか本来の姿とは別の生命体になっちゃったみたいな……」

　葉子は大きく頷いて言った。

「行政を変えるためには、眠っている市民の意識を呼び起こさなければなりませんね。佐々木さんのような方が、一人二人と増えていけば、きっといつかは大きな『うねり』となります。私でも役に立ちそうなことがあれば、是非おっしゃってください」

「ありがとうございます。この頃は、私の話に耳を傾けてくれる人が見つかるようになってきました。でもね、星川さん、今ここで精一杯力を出し切ってしまうと長続きしませんよ。在宅介護と同じことが言えます。『頑張らないけど諦めない』ってね」

佐々木は嬉しそうに答えた。


理央奈は壁を囲むように展示されたクレイアートの作品を眺めて大部屋を一周した。玄関に飾られていたのと似たような小鳥を模ったものが多かったが、一点だけ風変わりな作品が窓の近くの壁に掛けられていた。フレームの内側は板だけで、そこには何も描かれていなかった。題名のところには「わたしのお気に入り」と記されていた。通りかかった女性スタッフが理央奈に声を掛けた。

「それ、変わっているでしょ。実は理由があるの。利用者さんと作品を作ろうとしてね、まず板を用意したら、その板をとても気に入っちゃって、手で摩ったり、抱いてみたりしちゃって……、あんまり楽しそうで、幸せそうだったから、これも立派な作品だねっていうことになったのよ。スタッフが積極的に指導してしまうと、できあがった作品はスタッフの満足になってしまうから」

理央奈は小声で尋ねた。

「あのぅ、その人、認知症だったんですか？」

女性スタッフはにこやかな表情のまま軽く頷いて、伝い歩きをしている老女の傍らに行き、何か話しかけた。老女は理央奈のほうに顔を向けた。女性スタッフが「この方ですよ」というように、もう一度頷いた。理央奈はぎこちなくお辞儀をした。すると老女もお辞儀をして、そのままじっと彼女を見つめ続けている。理央奈は次に何をしたらよいかわからず、はにかんだように小さく手を振ってみた。すると老女も手を振って応えた。無表情だった老女の顔が明るくなり、微笑んだように見えた。このやり取りに戸惑いながらも、理央奈は老女が反応してくれたことにホッと手ごたえのようなものを感じた。

『そうだったんだ……おばあちゃんにも、こんなふうにしてあげればよかったんだね。私、今ならわかるような気がするよ』

女性スタッフが頃合いを見計らって、老女の手を引いてゆっくりと部屋を出ていった。

振り向くと、ドアの向こうに葉子の後ろ姿がチラッと見えた。まだ話は続いているらしい。理央奈は窓際に置かれた七夕飾りにぶらぶらと近づいて、幾つかの短冊を拾い読みした。

『せかいからせんそうがなくなりますように』

『せかいじゅうのこどもがしあわせになりますように』

幼稚園児にしては、あまりにも大人びて優等生的な文章で、ちっとも面白くないと思った。理央奈は自分では覚えていないが、毎年この時期になると、「リオは幼稚園の頃、『さくらぐみのリョウちゃんとけっこんできますように』って書いていたよ」と、葉子から聞かされていた。

『そういえば、リョウちゃんは元気だろうか？　ワコちゃん、モエちゃん、マユちゃん、コウちゃん、シュンちゃん、いつも一緒だった……みんなどうしているのだろう？　中学受験するのかしら……。幼稚園のときのように、みんなと遊びたいな……あの頃は毎日楽しかったもんね。みんなと会いたいなぁ……』

遊ぶことが仕事だった幼稚園仲間の懐かしい名前が次々に浮かんだ。思い出の中の友だちは、皆幼い頃の姿のままだった。

『さてと……、玄関に戻ろうかな。そろそろ行かないと、ママに文句言われそうだもんね……、あれっ、何だろう？』

大部屋の出口に向かおうとした理央奈は、七夕飾りの中に小さな煌きを見たような気がして足を止めた。それは、笹の葉の陰で何かがキラリと反射したような光だった。しかし、一見したところ何もそれらしいものは飾られていない。ビーズかラインストーンを使った変わり種の飾りがあるのかしらと思った理央奈は、枝葉の隙間に目を凝らした。

玄関ホールで佐々木と話をしていた葉子は、そろそろ辞去すべきタイミングだと思った。佐々木が忙しい時間を割いてくれたことに対する礼を、葉子が丁寧に述べているところに、慌てた様子の理央奈が小走りに戻ってきた。

「あぁ、リオ、ちょうどよかった。今、佐々木さんにお時間を頂戴したお礼を申し上げたところよ。リオもご挨拶してね」

しかし、理央奈は葉子の言葉が耳に入らなかったようだった。彼女は酷く興奮した表情のまま佐々木の前を横切って彼に背中を向け、話に割り込むように葉子の前に立った。葉子は理央奈らしくないマナー違反の行動に驚いて言った。

「お行儀よくしなさい。ご挨拶……」

葉子が全部言い終わらないうちに、それをさえぎるように理央奈がいつもより一オクターブ高く震える声で言った。

「ママ！　ママ、来てっ！」

彼女は葉子の肘の辺りを掴み、ぐいと引っ張った。葉子は益々困惑して言った。

「いったいどうしたのよ、リオ。痛いじゃないの……」

理央奈はそれには答えず、葉子を大部屋に向かって引っ張り続けた。ただならぬ様子を心配した佐々木とほかのスタッフも彼女たちの後を追った。


窓の近くに置かれた七夕飾りの前に着いたときには、葉子は怒り出していた。

「リオ！　小さい子みたいな、ふざけた真似はやめてちょうだい。ちゃんとわかるように説明しなさいっ！」

理央奈は笹の葉っぱが群れているある部分を指差して言った。

「ほらっ、見て！」

しかし、葉子は棘のある視線を理央奈から逸らそうとはしなかった。理央奈は懇願するように言った。

「ママ、お願い、見て！」

葉子は理央奈が指し示した枝に渋々目をやった。

無言の数秒間が過ぎて、葉子は笹竹の中に小さなあるものを発見した。それは、接着テープで不器用に留められてぶら下がっていた。

突然、葉子の顔色が変わった。彼女はハッとした様子で口元に両手をあてた。微かな驚きの息遣いが、声にならないまま指の間から漏れた。理央奈は嬉しくてたまらないという顔を葉子に向けて言った。

「『バラの蕾』だよ！　ママ」

黄金色の花びらから落ちそうになっている露が淡青色に煌いている。葉子は頷いて、一歩二歩と笹の枝に近づいた。大きく見開かれた彼女の目から涙が溢れだした。

理央奈が言った。

「帰ってきたね……、おばあちゃん」

葉子は何も言わず、ただ一度大きく頷いた。それから、咀嚼するように何度も小さく頷き続けた。

理央奈は誇らしげに言った。

「ママ、私のこと『むぎゅ』したいでしょ？　『むぎゅ』していいよ」

涙に濡れた葉子の頬に明るさが差し、あまり見せたことのない優しい笑顔になった。そして、彼女はいつもより強く理央奈を抱きしめて言った。

「ありがとう……、ありがとう、リオのこと、世界でいちばん、大好きよ……。ああ、母さん……母さん」

「ママ、苦しいよ……、ねぇ、息がくすぐったいよ……ふふっ」

理央奈は葉子の抱擁が同時に祖母に向けられていることを感じとっていた。葉子の「救われた」思いがどれほど大きいかを、理央奈は理解できるようになっていたのだった。

『ママが喜んでくれて嬉しい！　ママは、私とおばあちゃんの両方を抱きしめているんだね……、ママはおばあちゃんのこと、いつまでも大好きなんだよね……、だって、ママが何歳になっても、おばあちゃんはママのママなんだもん……』

理央奈が祖母に嫉妬することはもうないだろう。彼女は、今、葉子の胸にひたひたと広がる柔らかな安堵の波を、娘として共有できることが何よりも嬉しかった。

理央奈は満ち足りた気分の中で何度も心の中で呟いた。

『ママ、いつまでも一緒に……、いつまでも一緒にいようね』

それは、葉子が母のために添えたいと願い、ペンダントの裏面に刻み込んでもらった言葉でもあった。

『母さん、いつまでも一緒に』

葉子と理央奈は思いがけない幸運をわかち合うように体を寄せ、笹の葉の隙間に見え隠れするペンダントを眺めていた。七夕飾りの光景に溶け込んだ葉子と理央奈は、世界中で信仰されているあらゆる神々に感謝しても足りないくらい幸せそうに輝いていた。そんな二人を、佐々木ら『ピープルズ プレイス』のスタッフたちが静かに見守っていた。

彼女たちが見つめるペンダントの付けられた枝よりも少し下のほうに、同じように接着テープで留められた折り紙のようなものがあった。薄汚れてクシャクシャになって笹の葉に隠れるように……。

今はまるで紙屑のように見えているが、それは広告のチラシを使って丁寧に折られた紙飛行機だった。

おわり

あとがき

平成二十三年三月十一日の大震災を契機に、私たちは人間の絆を強く意識するようになりました。たとえ一人ひとりが限りなく無力に近くても、思いを一つにして手をとり合えば大きな原動力が生まれることに感銘を受けました。かつてパソコンや携帯電話がなかった時代、私たちは相手の真意を肌で感じとり言葉を交わすことで心通わせてきました。そのような古くさいコミュニケーションが失われつつある現代に生きる多くの人々が、どちらかといえば文学的な響きの「絆」を考えたのは、私たちが豊かさを追求する過程で切り捨ててきたものを惜しむ気持ちの表れかもしれません。

一方、私たち日本人は「こうあるべき」と定義することを好み、皆と同じ歩調で進むことを善しとしてきました。しかし、二十世紀の歴史が語るように、人々の意識が一方向にどっと流れれば流れるほど、声なき声を呑み込んでしまう危うさも生まれます。そんなとき、私たちには冷静かつ客観的な姿勢を保つ努力が必要になります。「絆」も例外ではありません。なぜなら、「絆」は生命を救い、喜びを増幅し、苦しみや悲しみを軽減してくれますが、時には心の重荷となり、行動や思考の自由を奪う鎖となることもあるのです。

振り返れば、認知症だった母の介護の日々は、知的で美しかった母の記憶をすべて掻き消すほど壮絶なものでした。そして私は、母が何を想いながら死んでいったのか知る術のないことに苦悩しました。「子が親の介護をするのは当たり前」という絆に押しつぶされて感情を失くした私は、母への愛をも見失っていたのです。母の死後、足元だけを見つめ続けてきた道の周辺に幾つもの人生が過ぎていったことに気づいた私は、自分が硬直した近視眼でしか母を見られなくなっていたことに思い当たりました。そして、一つの結論に至りました。それは、取り戻そうと必死になって求めた母との絆にたどり着く唯一の道は、私自身がその存在を信じる以外にはないということです。こうして、「絆」がつらい数年間をもたらした一方で、暗澹の淵から救い出してくれたのも「絆」でした。

母の遺骨をダイヤモンドにしようと決意し、実際にそれを手にしたとき、私の心中に去来した「ささめき」を軸糸として、この物語を書き上げました。本文中に登場するメモリアルダイヤモンドに関する取材に快く応じてくださったアルゴダンザ・ジャパン社と株式会社メモリアルエ房の皆さんには心より御礼申し上げます。

本書の出版にあたり、ご尽力いただいた文芸社編成企画部の皆さん、そして、より良い仕上がりをめざして努力してくださった編集スタッフの皆さんに心から感謝いたします。

平成二十四年一月

倉島　知恵理

著者プロフィール

倉島 知恵理（くらしま ちえり）

1955年生まれ、歯科医師、歯学博士。専門は免疫病理学。15年間の研究職兼病院病理勤務の後、木版画工房Studio C開設、現在に至る。埼玉県在住。明海大学歯学部非常勤講師、大宮歯科衛生士専門学校非常勤講師。著書に『ストレイランドからの脱出』（2007年 文芸社）、『遥かなる八月に心かがよふ』（2009年 文芸社）がある。

ダイヤモンドと紙飛行機

2012年6月15日　初版第1刷発行
2017年12月5日　初版第2刷発行

著　者　倉島 知恵理
発行者　瓜谷 綱延
発行所　株式会社文芸社
〒160-0022　東京都新宿区新宿1－10－1
電話　03-5369-3060（代表）
03-5369-2299（販売）

印　刷　株式会社文芸社
製本所　株式会社本村

ISBN978-4-286-12111-6